継母の心得4

◆テオバルド
ディバイン公爵家の当主で、イザベルの夫。極度の女嫌いだったが、今はイザベルを溺愛中。
◆イザベル
マンガ「氷雪の英雄と聖光の宝玉」に出てくる悪辣継母キャラとして転生してしまった元日本人。マンガとは違う結末を目指して奮闘中。夫と継子から、めちゃくちゃ愛されている。
◆ノア
ディバイン公爵家の跡継ぎ。イザベルのことが大好き。
登場人物紹介
Character

◆小妖精
◆アカ
◆アオ
◆正妖精
◆ネロウディアス
グランニッシュ帝国の皇帝。
家族を溺愛している。
◆マルグレーテ
グランニッシュ帝国の皇后で、
イーニアスの実母。テオバルド
の熱狂的ファン。
◆イーニアス
グランニッシュ帝国第二
皇子。ノアの親友。

目次

継母の心得4

プロローグ

ディバイン公爵邸の食堂に入ると、最初に目に映るのは大きなテーブルと豪華なシャンデリア、そして、壁に飾られたお高そうな絵画たちだ。

当主の席、いわゆる誕生日席の後ろには、職人によって美しい彫刻が施された、繊細で豪華なマホガニーの暖炉装飾があり、窓から入る太陽光でより陰影を増したそれは、見る人を圧倒する。

そんな場所に氷の大公と呼ばれる私の旦那様、テオバルド・アロイス・ディバインは悠然と腰かけ、黙々と食事をしているのだ。その様は厳《おごそ》かと言っても過言ではなく、同席しているこちらが緊張を感じるほどだ。

いつもはもっと和やかな食卓がこうも張り詰めて感じるのは、きっと隣国リッシュグルス王国の賓客をお迎えしているからだろう。

晩餐《ばんさん》以外はご自由にどうぞのスタイルで滞在していただいているが、ジェラルド王太子は皆で食べるのがお好きなのか、食堂に来て朝食を召し上がる。ジェラルド王太子が来るということは、ブラコンのユニヴァア第二王子もそれにならうわけで。

私も寝坊したとはいえ、なんとか朝食には間に合い、義息のノアのためにサラダやフルーツを取り分けていた。

その間も、先日、旦那様――テオ様に告白されたことを思い出し、ついチラチラと夫の顔を気にしてしまう。

『もちぷよ～』

『ポヨンポヨン！』

『プヨンプヨン‼』

あなたたち、なにをしていますの！

なんと妖精たちがジェラルド王太子で遊んでいるではないか。

ジェラルド王太子のもちもちほっぺをつつく正妖精と、お腹の上で跳ねているキノコ妖精のアカとアオに、開いた口が塞がらない。

この光景を前にして、微動だにしないテオ様にも驚きなのですけど⁉

「女神？　僕の顔になにか付いていますか？」

「ふぁ⁉　あ、いえ。あの、ノアの朝のお散歩にお付き合いくださったと聞きました。ありがとう存じますわ」

「いえ、お付き合いいただいたのは僕の方です！　公子の可愛らしいおもてなしに感謝します」

ニコニコ話すジェラルド王太子のそのお腹を、アカとアオが『プヨプヨスベリダイー！』と、はしゃぎながら滑っている。

これでも表情筋がピクリとも動かないテオ様って本当にすごいわ。

「じぇりゃるどさまに、わたちの、とりゃんぽ、みしぇてあげまちた！」

どうやらノアはジェラルド王太子に、トランポリンをお見せしたらしい。

「はい！　楽しそうな遊具でしたが、さすがに僕が乗るのは難しそうだったので……残念です」

「ここにあるのは子供用の遊具なのだろう？　大人用の大きなものを購入すればいい」

シュンとする王太子を、ユニヴァ第二王子がすかさず慰《なぐさ》めている。

さすがブラコン。王太子にだけ甘々だわ。

朝から賑やかね、と目の前の家族や妖精たちを眺めていると、つい一年前の静かな朝食風景を思い出してしまった。

山崎《やまざき》美咲《みさき》として平凡なオタク人生を過ごしてきたわたくしが、ネットマンガ『氷雪の英雄と聖光の宝玉』の悪辣継母に転生したと知った時は、人生詰んだと思いましたわ。

なにしろ前世を思い出したのは結婚式の前日。すでに時遅しでしたのよ。

普通こういう転生ものでは、運命を変えるために結婚しない方向に持っていけたりするものでしょう。

でもね、結婚式前日にそんなことをしようものなら、極貧のシモンズ伯爵家は格上の結婚相手を侮辱したとされ、貴族社会から追い出されて家族諸共終了になってしまうのよ。

結局なにもできずに、主人公の父親で、氷の大公と呼ばれるディバイン公爵に嫁いだのだけど……

まぁ見事に夫はマンガ同様冷たかった。ノアも放置されていたせいで、話すことすらままならなかったの。家庭崩壊も甚《はなは》だしいわよね。

もちろんデビュタント以来、社交界に参加できないほどの貧乏貴族だったわたくしには、お友達すらいなかったから、なんの力もないわけで。できることといったら、可愛い息子のために前世の知識を使っておもちゃを作ることだけ。

だけどね、そのおかげでいつの間にか交友関係が広がって、息子にはイーニアス殿下という親友が、わたくしには皇后様というママ友ができていたの。

そうするうちに冷たかった夫とも協力関係を結んで、上手くやっていけそうだと思っていたのだけど、こういう時に限って問題は起きるものよね……

『氷雪の英雄と聖光の宝玉』に出てくる悪魔が現れたかと思ったら、今度は聖者にしか見えないという伝説の妖精が、彼らの悪戯《いたずら》で見えるようになってしまったのよ！

なんだかんだありつつも、イーニアス殿下と皇后様の頑張りで、悪逆非道と言われた皇帝陛下を悪魔の洗脳から救い出し、悪魔を皇城から追い出したまではよかったのだけど……

今度は『氷雪の英雄と聖光の宝玉』でグランニッシュ帝国と戦争をしていた、隣国リッシュグルス王国のジェラルド王太子が、立太子の挨拶としてグランニッシュ帝国にお越しになったのよ。

次から次へと問題勃発《ぼっぱつ》で、テオ様も仕事に忙殺されておりますわ。畳みかけるように、ジェラルド王太子が突然公爵領を訪問なさることになって、わたくしの警戒レベルもＭＡＸですわ。

ジェラルド王太子とユニヴァ第二王子のお人柄に触れたあとは、警戒も解けましたけれどね。

『あれ？　この二人……黒蝶花《こくちょうか》の毒を飲んでいるよ』

『ホントダー。マエノ、テオト、ベルト、オナジ！』

『タイヘンダー!!』

妖精の言葉にさすがのテオ様も顔を上げ、訝《いぶか》しげに二人を見る。

少し眉間に皺《しわ》が寄っていて、怒っているように見えるわ。

ジェラルド王太子が、実の兄に毒を飲まされているのではないかということを、どうテオ様に説明しようか悩んでいたけれど、今の妖精たちの言葉で全てが解決しましたわね！　珍しくナイスアシストですわよ！

「ディバイン公爵？　なにか気になることがおありか？」

テオ様の表情に気が付いたユニヴァ王子が声をかけると、テオ様は落ち着いた声音で返事をする。

「急にこのようなことをお伺いするのは失礼かもしれないが、最近、第一王子の側近で新たに取り立てられた者はいるだろうか」

「兄上の……？」

テオ様の質問に、明らかに不審そうにしつつも、ユニヴァ王子は少し考える素振りをした。

黒蝶花《こくちょうか》の毒と聞けば、悪魔が関わっているのは明らか。テオ様もすぐに気付きましたのね。そして、リッシュグルス国でこの二人が亡くなって一番得をする人物は、ジェラルド王太子にその座を奪われた第一王子ですわ。

「そういえば……側近ではないが、医師が一人。しかし、怪しい点は特にないが？」

「医師……。怪しい者ではないとおっしゃったが、調査をおこなったということか」

「調査……いや、調査はしていないが、怪しい点はなかった」

ユニヴァ王子は当たり前のことを言っているかのように、堂々と答える。

これはもしかして……記憶の改竄《かいざん》？

どう考えても悪魔の仕業よね。その医師が悪魔なの……？

先日、我が国にいた悪魔アバドンが姿を消したばかりだからか、つい疑ってしまう。

「調査をおこなっていないのに、何故怪しい点がないと言い切れる」

テオ様の追及に、ユニヴァ王子は自分の発言がおかしいことに気付き、頭を抱える。

「……何故だ？　いつもは奴の周りにいる人間についてはしっかり調査をしているというのに……私は……」

「兄上……？　あの、ディバイン公爵、これは一体どういうことなのでしょうか。兄上の様子が……」

ジェラルド王太子はオドオドと、でも心配そうにテオ様に確認する。

「……ジェラルド王太子殿下、そしてユニヴァ第二王子殿下、我が国で最近、大規模な組織改革があったことはご存知だと思う」

テオ様、もしかしてお二人に悪魔のことをお話しするんですの!?

「は、はい！　韜晦《とうかい》皇帝と名高い、ネロウディアス陛下の大粛清《だいしゅくせい》ですね。英断だったと、尊敬しております!!」

「もちろん私も存じ上げている。ネロウディアス陛下のように、あのバカ兄を粛清《しゅくせい》したいと常々思っているので……」

ユニヴァ王子、第一王子をバカ兄と……。弟には甘いですが、兄には手厳しいですわね。

「恥を晒すことになるが、大切なことなので聞いてもらいたい。粛清《しゅくせい》の際、処罰対象の者が一人行方不明になったのだ」

「ひぇ!?　それって、逃亡……!?」

「まさか……」

テオ様、悪魔のことは伝えずに、逃亡犯を捕縛するという形で、お二人に協力してもらう気なのかしら？

「行方不明になっている者は、特異魔法を使用できる」

「その者は高位の貴族ということか……」

「そうだ。ユニヴァ王子、あなたが矛盾したことを正しいと思っていた思考の改竄《かいざん》――それこそが、その者の特異魔法だ」

「っ⁉　思考の改竄《かいざん》だと……っ⁉　そのような危険人物が、我が国に潜入しているというのか‼」

「エェッ⁉　そんな、怖いっ」

ユニヴァ王子は端整な顔を歪め、ジェラルド王太子はモチモチ肌を震わせ、顔を真っ青にしている。

お腹で飛び跳ねていた妖精たちも空気を読んだのか、今はノアの肩の上に移動していた。

「そしてその者は、聖水でも解毒不可能な、蓄積する毒を所持している可能性がある」

「「っ⁉」」

「その毒は、一度では死なず、何度も摂取することで、徐々に身体が蝕《むしば》まれ死に至る代物だ。毒を盛られてもしばらく自覚症状はない」

テオ様は、お二人を真剣な顔で見つめている。

「まさか……、ジェラルドが、その毒を盛られていると言いたいのかっ」

「……ジェラルド王太子だけでなく、ユニヴァ王子、あなたにもその可能性があると考えている」

「なんだと⁉」

ユニヴァ王子は目を見開き、信じられないといった様子で首を横に振る。

「私の体調は悪くないし、ジェラルドの顔色もいい……っ」

「自覚症状はないと言ったはずだ」

「信じられない……っ。奴は……兄上は、病でベッドから起き上がることも困難だ。やっと奴からジェラルドを解放できたと思っていたのに……っ、毒などいつ……」

絶望したその表情を見れば、今まで第一王子にどれだけ苦しめられてきたかよくわかる。

「ディバイン公爵、ユニヴァ兄上まで毒を盛られているというのは本当ですか？」

ジェラルド王太子は可哀想なくらい顔を青くし、テオ様をうるうるした瞳で見つめる。その姿はハムスターのようで、庇護欲を掻き立てられる。

「昨夜伺った話から考えるに、可能性は高いかと」

どうやらテオ様は、昨夜のあのおかしな言い合いのあと、第二王子から話を詳しく聞いていたらしい。

「そんな……っ。僕のせいだ……、僕のせいでユニヴァ兄上まで巻き込まれて……」

「ジェラルド、お前のせいじゃない。ほら、唇を噛むな。跡がついてしまうぞ。力を抜いて……」

仲がいい兄弟は、悲愴感を漂わせながらもイチャついている。

いえ、兄弟でイチャつくという表現はおかしいのかもしれないけれど……ユニヴァ王子が王太子を甘やかす姿が、小さい子へのそれなのよね。

「ジェラルド王太子殿下、ユニヴァ王子殿下、あなた方は運がいい。我が公爵家には、その毒を研究している優秀な医師がいる。そして、解毒薬もある」

「なっ⁉　ディバイン公爵、それが本当ならば私はなんでもする。だから、ジェラルドのために解毒薬を分けてもらえないだろうか」

テオ様、話を上手く持っていきましたわね！　まるで通信販売のコマーシャルのようですわ！

これでスムーズにあの墨汁……いいえ、解毒薬を飲んでいただけそうね。

「その前に、毒が体内に蓄積しているか検査をさせてもらえるか」

そしてテオ様。第二王子のなんでもするという発言をお断りしないあたりが政治家ですわね。

「おかぁさま、じぇりゃるどさま、だいじょぶ？」

ノアが心配そうにわたくしを見上げている。

ジェラルド王太子がハムスターなら、ノアは可愛い子犬かしら。

周りを窺《うかが》うと、いつの間にか侍女のカミラやミランダ、他の使用人はいなくなっていた。執事長のウォルトが下がらせたのかしら、と彼の有能さに心の中で称賛を贈る。

「ノア、ジェラルド王太子殿下は大丈夫ですわ。お父様が助けてくださるもの」

――わたくしは助けてくださらなかったのに。

「え？」

「おかぁさま、どおしたの？」

「あ、いえ、なんでもありませんわ……」

今、なにか聞こえたような気が……気のせいだったのかしら？

「ノア、これからお父様とお客様は大切なお話をなさるようですから、わたくしたちは席を外しましょうか」

ちょうど朝食を食べ終えたようなので、ノアを連れて食堂を出ることにする。

隣国との関係を考えると、テオ様にお任せするのが一番よね。

「おかぁさま、きょおは、わたちといっしょ、いてくれる？」

食堂を出たところで、ノアがわたくしのスカートをツンツンと引っ張った。

可愛い仕草に胸がキュンとするわ。

「もちろんよ！　昨日は一緒にいられなかったものね。寂しい思いをさせてごめんなさい」

王子たちが来てから、失礼がないように、ノアにはあまり部屋から出ないように言いつけていたし……。可哀想なことをしたわ。

「いいのよ、おかぁさま。おきゃくさま、おもてなちしゅるの、だいじよ。わたち、おかぁさまのおてちゅだい、しゅるの」

「ノア……っ」

もしかして、ジェラルド王太子と晩餐《ばんさん》の時にお話ししたり、朝のお散歩を一緒にしたりしていたのは、おもてなしだったの？

「わたくしの息子は、なんて優しくて賢くて可愛いのかしら！」

抱き上げてぎゅっとすると、ノアもわたくしにぎゅっと抱きついてうふふっと笑う。

その様子を、食堂の外で待っていたカミラとミランダがにこやかに見ていたが、私はしばらくそれに気付かないふりをした。

だって、もっとノアとイチャイチャしたいもの。

「わたち、おっきくなったら、おかぁさまとけっこ、しゅるのよ！」

「まぁ！　ノアがわたくしをお嫁さんにしてくださいますの？」

「はい！　おかぁさまのえほんに、だいしゅきなちと、じゅーっといっしょ、けっこしゅ、するって、あったのよ」

もしかして、女の子向けの絵本を見たのかしら？

魔法で獣に姿を変えられた王子様が、好きな人と心を通わせていく物語を新商品として出したばかりなのよね。

「おかぁさま、わたちとけっこ、ちてください！」

「まぁ‼」

ノアにプロポーズされましたわ‼　なんて可愛くて魅力的なプロポーズなのかしら！

喜んでいるそのときだった。

「残念だが、ベルはすでに私と結婚している」

タイミング悪く、王子たちと連れ立って食堂から出てきたテオ様が割り込んできた。

「おとぅさま、めっ、よ。おかぁさまは、わたちの」

「ベルはお前の母だが、妻にはならない。何故なら私の妻だからだ」

またテオ様は大人げないことを言って。

「さぁベル。ノアに断りの言葉を伝えるんだ」

「もう、テオ様ったら。ノアが可哀想ではありませんか」

そう伝えるが、テオ様は真顔で反論してくる。

「なにを言う。君は私の妻なのだから、他の男からのプロポーズなどすぐに断るべきだろう」

「他の男って……。こんな可愛らしいプロポーズをされて、断れる女性はおりませんわよ？」

「……ベル、浮気か？」

「おかしなことをおっしゃらないでっ」

ノアは私たちの会話がよくわからないのか首を傾げている。

「私は悲しい。あとでベルに慰《なぐさ》めてもらわないと、立ち直れない」

「テオ様……っ」

そう言ってわたくしの頬を撫でるその指は、わたくしのものよりも、ゴツゴツしていて大きい。

美しいけれど、やはり男の人なのだわ。

「あとで、部屋に来るように」

そう耳元で囁くと、テオ様は王子たちとともに行ってしまった。

「おかぁさま、けっこ、しゅるの、わたちだけよ」

テオ様もテオ様だけど、ノアもこんなに小さいのに、独占欲があるのかしら？　将来どんな大人になるのか、少し怖いわね。

第一章　ブレる魂

『ベル、君の魂が二重になっているように見える』

『ベル、ジューショー！』

『ベル、タイヘン!!』

「はい？」

妖精たちにそんなことを言われたのは、テオ様と王子たちが食堂を出ていってすぐだった。

「え？　二重ってどういうこと？」

『ボクらにもよくわからないんだけど、魂がブレてる……？』

『ザンゾー！』

『ブンシン!!』

妖精たちもよくわかっていないようで、首を傾げながらわたくしを心配そうに見ている。

「魂が、ブレる……」

もしかしてこの間見たあの夢と、なにか繋がりがある……とか？　マンガの……ノアを虐待するシーンから始まるあの悲しい夢……

『……魂が二つあるように見えたけど……ちょっと違うみたいだね』

『ブンレツ！』

『ワカレタ‼』

『う〜ん……分裂ともまた違うような……？』

ちょっと⁉　魂が二つとか、分裂とか、不穏なことを言っているのだけど、どういうことですの？

『ねぇベル、もしかして……神か精霊と関わったことがある？』

『カミー！』

『セーレイ‼』

「神や精霊と関わりを持ったことなど、一切ございませんわ」

神様なんて、イーニアス殿下の祝福の時、焔神《ほむらがみ》を拝見したのが初めてですのよ。

『そうなの？　でも……君の特殊な魂は、多分神や精霊の力が働いているせいだと思うよ』

神や精霊の力……

もしかして、異世界に転生したことがそれ？

『ベル、アンテイシテナイ！』

『ベル、ブレブレ‼』

『そうか！　アカとアオの言うように、安定してないんだ‼　魂が二つあるんじゃなくて、この世界に、君の魂がどうしてかまだ馴染《なじ》んでない。だからブレる』

正妖精は、アカとアオの言葉にハッとしたような顔で頷く。

どういうこと？　私の魂は二つでも分裂しているわけでもないって……

「あの、最近おかしな夢を見たのですけれど……」

『夢？　それってどんな夢なの？』

正妖精が胡坐《あぐら》をかいたまま、ふわふわと宙に浮いて首を傾げる。

「それが、こう……わたくしはあなたのように宙に浮いているような視点で、わたくしがやっていることを見ているというような……」

どう伝えればいいのか迷いながら妖精たちを見ると、彼らは思ったより真剣に聞いていた。アカやアオまで真面目な表情をしているではないか。

『上からもう一人の自分を見ているってことだよね？』

「そのとおりですわ」

正妖精の言葉に頷くと、アカとアオがわたくしの肩にとまり、顔を見合わせてハッとしたように口を開けた。

『ユータイリダツー！』

『ベル、タマシーヌケタ!!』

夢だと言っておりますでしょう。幽体離脱なんて誰もしておりませんわよ。真面目に聞いていると思ったらこれなんだから。

『それ……、魂の記憶かもしれないね』

「え？」

『魂の記憶はね、そうだなぁ……あ、人間だとよく、その日印象に残ったことが夢に出てきた、なんてことがあるんでしょ？』

そういうこともありますわね、と頷きながら、私の周りをふわりふわりと回っている正妖精を目で追う。

『それと同じように、転生を繰り返している魂の記憶を、稀《まれ》に夢に見ることがあるんだよ』

待って。魂の記憶って……、確かに私は山崎美咲からイザベルに生まれ変わっているけれど、それなら美咲の頃の夢を見るはずでしょう？　それなのに何故イザベルの、しかもマンガにも描かれていなかったような場面を夢に見ますの!?

『ベルの魂のブレは、もしかしたらそれと関係あるかもしれないね』

前世ではなく、マンガに出てくる悪辣《あくらつ》なイザベルの記憶……。それが、魂の記憶だというの……？

魂が二重に見えると言われた時、もしかしてマンガの中のイザベルと、美咲だった私の魂が二つ存在しているのではないかと考えた。だから、マンガにも描かれていなかった場面を夢に見たのかもしれないと思ったのだ。

だけど、そうではなさそうよね……

魂が不安定でこの世界に馴染《なじ》んでいないのは、私の魂が異世界から来たから。しかしそう考えるなら、あの妙にリアルな夢はなんなのか。

「もしかして……」

妖精の話を聞いて、私は一つの考えに至ってしまった。

もし、あの夢が夢ではなく、『イザベルの記憶』だったとしたら……空耳だと思った、朝食の時のあの声は……。私の魂が一つなら――

自分への嫌悪に身体が震え、血の気が引く。

もしその考えのとおりなら私は……っ、考えたくないけど……、否定したいけど多分、この考えが一番辻褄《つじつま》が合うのよ。

私は……、私こそが、あのマンガに出ていたイザベル本人――ノアを虐待していたあのイザベルなのではないか……

そうであるなら、私は――

「――おかぁさま？　どおちたの？」

愛おしい息子が、私の顔を下から覗いてくる。

「ノア……」

もしも私が、ノアを虐待していたのだとしたら、ノアを可愛がる資格なんてないのではありませんの？

「おかぁさま、わたちと、あしょぶのよ」

にこぉっと可愛く笑うノアに、罪悪感が湧いてくる。

「ノア、おかぁさま……っ、悪い人かもしれませんわ」

「――？　おかぁさま、わりゅい……？」

首を傾げたノアは、わたくしをじっと見つめたあと、もう一度にこっと笑ったのだ。

「わたち、おかぁさま、わりゅいちとでも、だいしゅき！」

どうしましょう……、どうしましょう……っ。

「ノア……っ」

「わたちの、おかぁさまよ。じゅーっと、いっしょよ！」

私、この子を虐待したかもしれないのに……

「おかぁさま、まもるのよ」

それなのに、手放したくない……っ。

「っ……ふ」

手放したくないのよ……っ。

「おかぁさま？　いたたなの？　とんでけ、しゅる？」

「違うの……違うのよ。おかぁさまね、ノアが大好きだから、嬉しくなって涙が出ちゃったのかしら」

優しい息子を抱きしめて、私は決意した。

自分が産んだことにすると思った時から、いえ、初めて会った時から、この子はもう私の実の子供なのだ。

もし、私が虐待したイザベルと同一人物だとしても、今ここでノアを手放したら、それは虐待と変わらないではないか！　だから——

誰になんと言われようと、最期までノアのことを離しませんわ。

◇◇◇

——許せない……っ。許せないの……

真っ黒な世界の中、一人うずくまる女性の姿があった。

「ここは……夢？」

周りは真っ黒なのに、女性の姿だけがはっきり見えるのだから、夢、よね？　私、妖精たちの話を聞いて……ノアから大好きって言われて、その後ノアとずっと一緒にいて……あら？　いつの間にか眠ってしまったのかしら。

——許せない……っ。許せない……っ。全てが、憎い……っ。

ホラーなシチュエーションだけど、なんだか怖くはない……だってこの女性は……

「ねぇ、あなたが許せないのは、全てじゃないでしょう？」

――全てよ……全て、許さない……っ。

「……違うわ。本当に許せないのは……あなた自身、そうでしょう」

そう言葉にした刹那《せつな》、黒い空間が歪んだ気がした。

【どうして……？】

うずくまって泣いていた女性が、いつの間にか私の正面に立っていた。

「どうしてわかるのかって？　だってあなたは……わたくし自身じゃないの」

鏡のように、目の前には私がいて、戸惑ったように私を見ている。

【わたくし、見つけてしまったの……】

新素材を、と言う目の前の私に頷く。

【バカなわたくしがいけなかったの……っ。あの時、旦那様に相談していれば……っ。旦那様のせいにして、旦那様にそっくりなあの子に……っ、あ……当たってしまっ……】

ポロポロと涙をこぼし、しまいには子供のように泣き出す私をそっと抱きしめる。

「わたくしがやってしまったことは、到底許されることではないわ」

【っ……そう、許されない……、だから、あなたはあの子から……】

「でもね、だからといってノアを手放してしまったら、ノアが傷ついてしまいますわ。傷ってね、物理的につくものよりも、心に負うものの方が治りにくいのよ」

【でも、わたくしは……あの子に暴力を……っ】

「そうね。本当にわたくしって大馬鹿者よ！　あんなに可愛い息子に、暴力をふるって！」

【っ……償わないと……だから、早くあの子から離れ……】

「なに馬鹿なことを言っているの！　『償い』なんて、自己満足にしかならないようなことをして、本当にノアが喜ぶとでも思っていますの？」

【だって……、じゃあ、どうすれば……っ】

目の前の私は、はらはらと涙をこぼし、縋《すが》るように私を見る。

「そんなの決まっていますでしょう！　償おうなんて気持ちが霞《かす》むほど、ノアを愛して、愛して、愛して……っ、可愛がるのよ‼」

【……愛して……いいの？】

「そんなの、わかりませんわ！　だってわたくしたちは罪を犯したのですもの。図々しいにもほどがあるって言われるかもしれません。けれどわたくし、可愛い息子を愛してしまったのだもの！」

【償いじゃなくて……？】

「そんな後ろめたい気持ちの愛じゃありませんわよ！　そうでしょう」

【っ……ぅん】

ボロボロと大粒の涙を流しながら、目の前の私は頷いた。

【わたぐじ……っ、い、いっじょう、じぶんのこと、ゆ、ゆるぜまぜんわ……っ】

「そんなの、わたくしもよ！」

だけど――

「「この先ずっと、ずーっと、ノアを愛し続けますわ」」

その瞬間、真っ黒だった空間に光が溢《あふ》れたのだ――

◇　◇　◇

「ん……」

ここは……、ノアの部屋……

「奥様、お目覚めですか」

カミラがおもちゃを片付けながら、わたくしに声をかけてきた。

「カミラ……わたくし、眠ってしまったのね。ノアは……」

「ノア様なら、奥様の隣でお眠りになっていますよ」

カミラに言われ隣を見ると、ソファに座ってうたた寝をしていたわたくしに、ノアが寄り添うようにして眠っていた。

「まぁ、ベッドで眠ればいいのに……」

ノアの頭をそっと撫で、寝顔を見つめる。

「ノア様、お眠りになった奥様にくっついて離れなかったんですよ」

「ノアが……」

「ノア様は奥様が大好きですから、できるだけくっついていたいのでしょうね」

優しい眼差しでわたくしとノアを見たカミラは、ヘラリと笑って「あ、お茶をお持ちしますね」と部屋を出ていった。

「ミランダ」

「はい。奥様」

壁際に控えていたミランダが、足音も立てずにやってくる。

前々から思っていたけれど、ミランダはただの侍女ではないのかもしれないわ。

「リッシュグルス国の、第一王子のことが知りたいのだけど……」

「すぐに調査させます。お任せください」

そう言うと、天井の方に目をやり、頷く。そして、すぐに元いた壁際に戻り、何事もなかったかのように佇む。

今のなんなの!? ミランダ、あなたまさか……っ、忍者のお頭でしたの!?

「ん……おかぁしゃま……」

「あら、起こしてしまったかしら」

いつもならまだお昼寝の時間だけれど、ソファだとやっぱりきちんと眠れないものね。

「ノア、まだ眠っていてもいいのよ？」

小さな手で目をこすっているノアに優しく声をかけると、ふるふると首を横に振り、「おっき、しゅる」と言ってわたくしに抱きついてきた。

抱き上げて膝の上に乗せる。

寝起きの子供って、どうしてこんなにぬくぬくしているのかしら。

寝汗をかいているノアの顔と首をハンカチで拭う。ノアにかけられていたブランケットはミランダが回収していった。

「おかぁさま、むぎちゃ、のみたいの」

「喉が渇いたのね。大丈夫よ。カミラが持ってきてくれるみたいだから」

実家にいたサリーといい、ミランダといい、侍女って本当に気がきく子ばかりよね。カミラもそうだし、特殊訓練でも受けているのかしら。

「ノア、わたくしの可愛い子」

ノアの可愛いつむじを見ながら、優しく声をかける。

「なぁに？」

「ずっと、わたくしの息子でいてくれる？」

「はい！　わたち、おかぁさまと、じゅーっと、いっしょよ！」

一生懸命わたくしを見上げながら、ニコニコと話すノアをぎゅうっと抱きしめ、さっき見た夢のことを思い出す。
違うわ。あれは夢じゃない。
わたくしは、美咲としての人生の前に、一度、イザベルとしての人生を歩んだのだわ。
あのマンガ……『氷雪の英雄と聖光の宝玉』の、あのイザベルの人生を――

第二章　紙

『氷雪の英雄と聖光の宝玉』。わたくしが美咲だった頃にたまたま読んだマンガだと思っていたけれど、夢でイザベルを受け入れた時に唐突に理解したわ。

あれは、『わたくしが歩んだ人生』。

悪魔と手を組み、ノアに倒されたあと山崎美咲として転生し、そしてまた死んで、この世界に戻った。

何故山崎美咲の人生を挟み、この世界に戻ったのか……。神や精霊に会った記憶はないけれど、前世の記憶がテオ様と結婚するあのタイミングで蘇《よみがえ》ったのは、神々が悲劇的な未来を変えることを望んだからなのかもしれない。

妖精たちも、神か精霊の力が働いていると言っていたものね。

わたくしが運命を変えるために選ばれたのは、あの悲劇の原因がわたくしだったからだろう。

実際、わたくしが前とは違う行動をしたことで、運命が随分変わっているのだから間違いないと思う。

そして、魂が安定しなかった原因は美咲にあった。

イザベルが犯した罪やテオ様への憎しみの感情を、美咲は受け入れられず、ずっと拒否していたのね。

だから拒否されたイザベルの悲しい思いが魂を不安定にさせていたし、あの夢を見せた。

だけどそれも、ノアのおかげで……ノアが、わたくしが悪い人でも好きだと言ってくれたから、受け入れることができた。

「わたくしは、ノアに救われたのだわ」

『あれ？　ブレがなくなってる』

『ベル、キレー！』

『ベル、キラキラ‼』

そうそう、だから妖精たちもこう言ってくれて……ん？

就寝前にベッドに腰かけ、考え込んでいたわたくしが頭を上げると、妖精たちが驚いたようにこちらを見ていた。

「綺麗とか、キラキラってなんですの？」

ブレてないとか、安定しているとかならわかるのだけど、キラキラ？

『魂が輝いているってことさ！』

『ピッカピカ！』

『マ、マブシー‼』

ちょっと、キノコたちのリアクション、おかしいわよ。

「魂が輝いている？」

罪を犯した魂がピッカピカに輝くわけがないでしょう？

『へぇ、これがベルの本来の輝きかぁ。ボクらのフローレンスにも負けてないね』

『セイジョニヒッテキ！』

『ウックシー!!』

あ。これ、からかわれているわね。朝見たきり全然見かけなかったけれど、一体どこに行っていたのかしら。

夜にわざわざやってきて冗談を言っている妖精たちに、もしかして……と思い、質問してみる。

「まぁいいですわ。それより、悪魔は隣国にいましたの？　あなたたち、たまにいなくなる時間がありますけれど、実は隣国に行っていたのでしょう？」

『え？　ボクらフローレンスのところに行ってたんだしー』

『テオニ、ヒミツニスルッテ、イワレテナイ！』

『カゲハ、クチカタイ!!』

キノコたち、ポロッと喋《しゃべ》っちゃっていますわよ。

『アカ！　アオ!!　話しちゃダメじゃないか～』

『アカ、シャベッテナイ！』

『アオ、クチカタイ!!』

コントかしら？

「やっぱりリッシュグルス国に行っていましたのね」

前のイザベルの人生では、この時期はまだ戦争のせの字も出ていなかったはず。

とはいえ、前……いえ、今もだけど、あまり外交には詳しくないから本当はどうだったのか、さっぱりなのよね。だからミランダに調査を頼んだのだけど……

『テオからは、ベルを隣国に関わらせたらダメって言われているんだ』

『アッ、シャベッタ！』

『ポロリ、シタ!!』

どうやらテオ様が、妖精たちに口止めしていたようだ。最近、氷の大公様は、とても心配症である。

「そうですの。心配してくださっているのですね。でも、わたくしもなにかお役に立てることがあるかもしれませんわ。だからあなたたちが集めた情報を知りたい――」

「ダメだ」

妖精たちに詰め寄っていた時だ。わたくしの言葉を遮《さえぎ》る声にハッとして振り返ると、扉の近くにテオ様が立っているではないか。

王子たちの検査や解毒薬の手配などでお疲れだろうに、それをおくびにも出さず、少し怖いお顔でわたくしと妖精を見ている。

「テオ様、遅くまでお疲れさまでした」

「ああ……。妖精たちは部屋に戻ってゆっくり休め。私はベルと話がある」

『う、うん。わかったよ』

『アカ、スグヤスム！』

『アオ、ユックリヤスム!!』

言っている言葉は優しいが、有無を言わさぬ威圧感がある。それに臆《おく》した妖精たちはすぐに姿を消した。ノアの部屋に避難したのだろう。

「テオ様」

ベッドの端に腰かけたまま見上げると、テオ様はじっとわたくしを見つめ、しばらくして話を切り出した。

「ベル、私は君を危険な目にあわせたくないんだ」

そのまっすぐな言葉と心配そうな声音、真剣な瞳にわがままを言っている罪悪感が湧くが、ここは譲れない。

「テオ様、ですが悪魔と敵対した時点で、危険なことに変わりありませんわ」

「……」

テオ様が心配してくださっている気持ちは、十分に理解しておりますのよ。ですが――

「なんの情報も得られない方が、より危険だとは思いませんこと？」

テオ様の目をじっと見て問いかけると、テオ様はハァ……と溜め息を吐き、こちらに近づいてくる。

「もし、情報を知ったとしても、絶対に一人で行動しないと……なにかする際は必ず私に相談すると約束できるか？」

「まぁ！　テオ様はわたくしが勝手に行動すると思っていらっしゃるの？」

「君は、行動力のある素敵な女性だからな」

なんですの!?　そんな歯の浮くようなセリフを口にする方ではなかったでしょう！

「もう……っ、わかりましたわ。約束いたします。だから、妖精たちが掴んだ情報を教えていただけますか？」

前のイザベルの人生では、テオ様にきちんとご相談せず、あんなことになってしまったのだもの。同じ轍《てつ》を踏むつもりはありませんわ。

わたくしの言葉に頷くと、テオ様はいつもの無表情に戻り、淡々とした声で告げた。

「――悪魔が第一王子の医師として、隣国に潜《もぐ》り込んでいるようだ」

やはり、そうでしたの。

「そして、皇宮の図書館の一件だが、やはり君に接触した司書は悪魔の可能性が高い」

「ディバイン公爵、イザベル夫人、本当にありがとうございました！　解毒薬のおかげで僕も兄上も命が助かりました！」

客間のソファに座ったジェラルド王太子が、向かいに座るわたくしたちに感謝の言葉を告げる。

王子たちの滞在期間を一日残し、なんとか解毒薬が出来上がった。あの黒すぎる解毒薬を戸惑いながらも飲んだ二人は、わたくしとは違い副作用もなくケロッとしていて、トイレの住人になることもなかった。

ムーア先生は何度も解毒薬を作っているからか、どんどん作るスピードが速くなっていますわね。

王子たちは今後も毒を盛られる可能性があると思うのだけれど、どうなさるのかしら。

などと、頭の片隅で考えていたら、テオ様が「蓄積する毒なので、念のため解毒薬を何度か飲んでもらう必要がある。今後は定期的にお送りします」って、お二人が不安にならないよう、上手に誤魔化していたのよね。さすがテオ様ですわ。

「お二人がご無事でよかったですわ」

「これまで見たどんな毒よりも毒々しい解毒薬を見た時は、ディバイン公爵を疑いましたが……」

でしょうね。わたくしですら、本当に解毒薬か疑いましたもの。

「命を救っていただき感謝します」

ユニヴァ王子は、棘《とげ》を抜かれた薔薇のようにただ美しく微笑む。

それを見たテオ様がわたくしを抱き寄せ、「私の妻に色目を使うな」と睨んだ。

「心配せずとも、色目など使っていない。ディバイン公爵、君は奥方のこととなると人が変わるな」

「ユニヴァ王子にだけは言われたくないことだな」

まぁ、お二人ともすっかり仲良しになりましたわね。

『ブラコンと愛妻家、どっちがまともなんだろうね？』

『ドッチモ、キケン!!』

『ドッチモダメー！』

妖精たち、テオ様に怒られますわよ。

「そうだ！　女神、公爵領のお食事、『おもちゃの宝箱』、そして『いるみねーしょんの街路樹』、どれもとても素晴らしかったです!!　公爵領のレストランはどこもレベルが高いですが、特にカレー専門店！　あれはもう……っ、それに、見たこともないおもちゃの数々……っ」

ジェラルド王太子が嬉しそうに熱弁をふるっている。

自分だけでなく兄であるユニヴァ王子までもが知らぬうちに毒を呑んでいたことにショックを受けていたものの……すぐにどうこうなるわけではないことに加え、解毒薬もあるということで安心したのだろう。

しっかりディバイン公爵領を観光したジェラルド王太子は、『おもちゃの宝箱』で大量のおもちゃを購入していた。

「お褒めいただき光栄でございますわ」

「あのっ、我が国で研究・開発されたあるものを、この度グランニッシュ帝国への友好の証としてお贈りしたのです。それで、ディバイン公爵夫人にも是非お渡ししたいと思い持ってきているのですが、よかったら、受け取っていただけないでしょうか！」

ぷにぷにのほっぺを揺らしながら、それでも王子の気品をもってキラキラの笑みを浮かべるジェラルド王太子。

好奇心旺盛な彼がディバイン公爵領内で注目していたものは、全てわたくしのイチオシばかり。ぽわぽわおっとりに見えて、実はかなりの目利きだ。

そんな彼が言う、リッシュグルス国で開発されたものとは一体なんだろうか。

期待が高まる。

「リッシュグルス国で研究されていたものなのですか？」

はしたないけれど、興味津々で聞いてしまったわ。

「はい！　我が国では、羊皮紙や植物の繊維を編んだものではなく、もっと安価に大量生産できる『紙』の研究をおこなっていまして、やっと完成にこぎつけたんです‼　商品化の目処《めど》が立ちましたので、こちらを是非女神の生み出されるおもちゃに使用していただけたらと思い、持ってきました」

『紙』ですって⁉

ジェラルド王太子の従者が、トレーにＡ４用紙ほどの大きさの紙の束をのせて、恭《うやうや》しく前に出てくる。

少し黄味がかっていて、植物の繊維らしきものが見えるし、日本のものに比べて少し厚みもあるが、これは紛うことなき『紙』ですわ‼　しかも和紙！

羊皮紙やパピルス紙のようなものしかなかったこの世界に、ついに和紙が誕生したのだ。

「まぁっ、なんて素晴らしいのかしら‼」

これがあれば、絵本ももっと大量に、安価に作れますわ！　それにトランプや折り紙、他にも色々作れますわよ‼

「紙の革命ですわ！　このまま研究が進めばもっと薄く綺麗な紙も作れますわね。友好国がこんな素晴らしい研究に熱心に取り組んでいるだなんて、未来は明るいですわ‼」

ついテンションが上がり、テオ様の腕の中ではしゃいでしまった。

「ほう……、ディバイン公爵夫人は『紙』の価値を理解できるのですね」

ユニヴァ王子が意外そうにわたくしを見る。

「もちろんですわ‼　紙は文字や絵を書くだけでなく……、ちょっと一枚よろしいですか？」

トレーから一枚紙をいただき正方形に整えると、紙風船を作る。

「このように、おもちゃを生み出すこともできますのよ」

ぽんっ、ぽんっ、と掌で紙風船を転がしていると、ユニヴァ王子もテオ様も、呆然とこちらを見ているではないか。

「……？　どうかなさいましたか？」

なにかございまして？　と首を傾げていた時だ。

「す、すごい‼　ディバイン公爵夫人、あなたはなんてすごい方なんでしょうか‼」

円《つぶら》な瞳をキラキラさせて、わたくしの掌にある紙風船を凝視《ぎょうし》し、ジェラルド王太子が声を上げた。

「――？　すごいのは、リッシュグルス国ですわ」

「いえ、夫人の手はおもちゃを自在に生み出す魔法の手です‼　まさかこのペラペラの紙一枚で、そのように素晴らしいものを作り出すなんて……っ。やっぱり女神だ！」

王太子の反応に困りテオ様を見上げると、テオ様まで大きく頷いているではないか。

ただの折紙ですわよ⁉

「ディバイン公爵夫人、是非我が国の『紙』を使って子供たちのためにおもちゃを作ってください‼　リッシュグルス国は、女神に優先的に紙を融通《ゆうずう》いたします‼」

そんな大事なことをここで決めていいのですか⁉　って、いいわけありませんわよね。

紙を融通《ゆうずう》すると言われかなり嬉しかったが、冷静になって考えると、隣国との貿易を、政《まつりごと》に携《たずさ》わっていない一般人であるわたくしが、勝手におこなうわけにはいかないわ。

「とても光栄なことですが、わたくしが勝手に、お受けしますとは言えませんし、ジェラルド王太子殿下も、国のことをそのように簡単に決めてしまうのはよろしくないのでは？」

たとえ王太子であっても、国王や大臣、国の重鎮たちと相談して決める事柄だもの。

「大丈夫です！　女神のことは父上……、国王や大臣も知っていますし、『新たな紙』は国家事業としてグランニッシュ帝国と貿易の話を進めているところです！　ネロウディアス陛下にもいいお返事をいただきましたし、女神が我が国の『紙』を使用しておもちゃを作ってくだされば、リッシュグルス国としては得しかありません！」

とまくしたてられ、あまりの勢いに一歩下がってしまった。

「ジェラルド、落ち着きなさい。ディバイン公爵夫人が困っているじゃないか」

「あっ、女神、すみません！　僕、つい興奮してしまって……。兄上も止めてくれてありがとうございます」

真っ白なほっぺたが、ピンクに染まって美味しそうなことになっているジェラルド王太子だけど、わたくしの一存ではなんとも言えませんし……

「ベル、グランニッシュ帝国の法律に反していなければ、一商人が他国と品物の取引をおこなっても問題はない」

ここで夫の助言があり、それならば……と返事をしようとしたところで待ったがかかる。

「だが、リッシュグルス国の新たな紙と、君の発想は併《あわ》せると大事件に発展しそうでもある。だから、この件は私に任せてもらえないだろうか」

テオ様が優しく聞いてくださったので、大きく頷く。

「はい。テオ様にお任せしますわ」

旦那様なら、悪いようにはなさらないもの。

「ああ。ベルが喜んだ顔を私に見せてくれるよう、頑張るつもりだ」

「まぁ……、テオ様ったら」

わたくしの夫は、なんて優しい方なのかしら、などと心の中で惚気《のろけ》てみる。

『ねぇねぇ、ベル！　その紙で作ったおもちゃ、もう一回作ってよ！』

『アカ、オボエタ。デキル！』

『アオ、ワカンナーイ!!』

妖精たち、それはあとでね。もうちょっと空気読まないと、テオ様の優しいお顔が能面みたいになっちゃうでしょ。

その後、テオ様は妖精通信を駆使して、陛下や皇后様と話し合い（電話会議みたいになっていたわ）、王子たちの滞在最終日だというのに、その会議で部屋から出てきませんでしたのよ。

ジェラルド王太子はテオ様とあまりお話しできなかった、と若干残念がっていたけれど、紙の話は上手くまとまったようで、ほくほくと満足そうなお顔で、お国へ帰っていった。

「まだ第一王子の件もありますのに、お二人は大丈夫でしょうか……」

「それならば問題ないだろう」

お見送りのあと、心配のあまり呟いたわたくしの言葉を、テオ様が拾う。

「随分自信を持っていらっしゃいますのね」

「すぐにわかる——」

SIDE　リッシュグルス王国　ジェラルド王太子

ガタゴトと揺れる馬車の中、久々の故郷の街並みを感慨深く眺める。

やっぱりリッシュグルス国は美しい国だ。

「兄上、リッシュグルスへ戻ってきましたね！」

リッシュグルスは山や広大な森に囲まれた自然豊かな国だ。

林業が盛んで、木々を加工し、上質な家具などを輸出していたが、グランニッシュ帝国とは違い、鉱石の採掘量は少なく、国力が乏《とぼ》しかった。

どうにか新たな産業を、と皆で試行錯誤した結果、今までにない紙を作り出すことに成功したのだ。

その功績もあって僕が立太子することになった。王太子として表立って仕事ができるようになり、製紙事業に力を入れられるのはよかったんだけど……

　立太子した頃から、頻繁に暗殺者を差し向けられるようになったんだ。第一王子である兄上の仕業だとわかっていたけれど、証拠がないため、なにもできなかった。

　そんな時、僕の立太子を報せるためにグランニッシュ帝国に赴《おもむ》くことになった。

　僕は以前からグランニッシュ帝国のディバイン公爵領で生まれた『子供向けおもちゃ』というものの大ファンだった。特に絵本が好きだ。こんな絶好の機会は逃せない。絶対開発者であるディバイン公爵夫人に会うんだ！

　そう心に決め、ユニヴァ兄上に無理を言って、憧れの女神に会うため、わざわざディバイン公爵領に寄ったのだけど、最初はすごく警戒された。

　そりゃあ、いきなり他国の王子が自領にやってきて警戒しない人はいないんだけどさ。ちょっとへこんじゃったよ。

　でもおかげで新作おもちゃや絵本を手に入れられたし、紙に関してもいい宣伝ができたと思う。グランニッシュ帝国でリッシュグルス国の紙の認知度を上げるには、女神に広告塔になってもらうのが最適だったから。

「ジェラルド、体調がいいようだな」

　城に向かう馬車の中、ユニヴァ兄上が柔和な微笑みを浮かべて僕の頭を撫でる。

「兄上、僕はもう子供ではありませんよ！」

もうおじさんと言ってもいい年なのに、兄上の中では、まだ子供のままのようだ。

「ハハッ、そうだな。お前がよりよい為政者《いせいしゃ》になるために努力し、大きく成長したことはわかっている。だけど、私のあとをよちよちついて回るお前も、まだ鮮明に覚えているから」

「何十年前の話ですか！」

まったく、兄上は僕が好きすぎるから……早く結婚して、その感情を自分の子供に向ければいいんだけどな……

「ディバイン公爵領に行ってよかった」

最初は行くのを反対していた兄上も、女神の素晴らしさを理解し、そのうえディバイン公爵という新たな友を得た。

「そうですね。女神や公爵とも仲良くなれましたし、黒蝶花《こくちょうか》の毒のことも教えてもらい、治療までしてもらえました。この御恩は忘れません」

本当に、公爵家の人々は命の恩人だ。

「ジェラルド王太子万歳！」

「ユニヴァ王子ぃ！　こっち向いてぇ!!」

窓の外には、手を振る王都の人々。僕ら王族を慕い、親しみを持って接してくれる。なのに、兄上は……第一王子は、この民たちを戦争の道具にしようとしている。

「ジェラルド王太子、ユニヴァ王子、お帰りなさい！」

「待っていましたよ！　お帰りなさい！」

その明るい笑顔に、決意を強くする。

「兄上、僕は王になります」

民の幸せそうな笑顔を、誰にも奪わせはしない。

SIDE　リッシュグルス王国　第一王子

窓もカーテンも閉めきった薄暗い部屋の中、力の入らぬ手をなんとか動かす。だが、指先が震え、腕は上げることもままならぬ。以前よりマシになったとはいえ、それは僅かだ。

どうして私だけがこのような目にあわねばならない。

「王太子殿下がグランニッシュ帝国からご帰還されたそうだ！」

「なんでも、正式に友好条約を結び、国交を樹立なさったのだとか」

「さすがジェラルド王太子殿下よ！　立太子された途端に功績を立てるとは、なんと喜ばしい！」

私の部屋の前とわかっていながら騒ぎ立てる連中も、私が喉の渇きを覚えていることに気付かぬ無能な使用人も、このような身体に産んだ両親も憎くてたまらない。私がこんなに苦しんでいるというのに、誰も見舞いにすら来ないのだ。

「はやく……」

どうして私だけが痛く苦しい思いをせねばならない。

「はやく、なおせ……っ」

どうして無能な弟がこんなに称賛される。あいつは、ただ健康だというだけで私から王太子の座を奪ったというのに。

「私が……、王太子、だ……っ」

私こそが、次期国王に相応《ふさわ》しいのに、何故それがわからない。

「こんな身体でさえ、なければ……」

風もないのに、蝋燭《ろうそく》の火が揺れ、掻き消えると暗闇から奴が現れる。

『――使用人どもはお前を蔑《さげす》んでいるぞ。両親はお前をお荷物だと思っている。弟たちはお前を邪魔者扱いし、殺そうとしているのだ。臣下たちはお前を無能な王子だと嗤《わら》っている。グランニッシュ帝国の者たちも皆、リッシュグルス国の第一王子はいらない存在だと噂しているぞ』

私がいらない存在だと……、私が、嘲笑されているだと……っ。

ならば、王になった暁《あかつき》には馬鹿にした奴らを全員……全員、この手で葬《ほうむ》ってくれる……っ。

「いつ治る……？　この身体は、いつ治るのだ……っ」

暗闇に向かって叫ぶと、音もたてずに近づいてくるのは最近雇った医者と名乗る怪しい男だ。

「言っただろう。お前の病はすぐに治るわけではない」

「この……、無能な医者が！」

「俺がいなければ、お前はとっくに死んでいた。それにもかかわらず、俺を無能扱いか」

医者如きが偉そうに。だが、この男が来てから以前よりも体調がマシになったのは本当だ。前は喋《しゃべ》ることさえ難しい状態だったからな。

「……言いすぎたようだ。だが……、ジェラルドが、戻ってきてしまった」

グランニッシュ帝国で死んでくれればいいものを。

「事故と見せかけ殺そうと、馬車に……細工をしたのでは、なかったのか」

以前から懇意にしている、金さえ出せばなんでもしてくれる犯罪組織。奴らは一体なにをしている！

「どうやらユニヴァ第二王子が気付き、馬車を乗り換えたようだ。念のため用意していた暗殺者も、全員奴が撃退したようだぞ」

ユニヴァめ……っ、暗殺者を送っても、毒を盛っても、全てあれが邪魔をする！

「『黒蝶花《こくちょうか》の毒』は、飲んだのだろう？」

「ああ」

であれば、いずれ死ぬだろう。だが、遅効性の毒では何年かかるかわからない。ジェラルドを確実に殺すには、やはり暗殺する方が手っ取り早い。

「遅効性の毒では心もとない。お前があの『化け物』を使って二人を始末しろ」

医者の影が蠢《うごめ》き、ケラケラと気色の悪い声を上げる。

「対価を差し出せ」

そう、この化け物どもになにかを願う時は、必ず対価を支払わなくてはならない。病を治す対価は、こうして医者として取り立てることだった。『黒蝶花《こくちょうか》の毒』を飲ませた対価は金。暗殺者の手配も金だった。ならば今度も……

「金をやろう」

「いいや。俺直々に殺すことを依頼するのならば、相応の対価でなければならない」

【ヒヒヒッ、たとえばそう……グランニッシュ帝国との戦争を早める、とかなぁ】

医者のものではない、影から聞こえてくる声は、何もかも暗黒に引きずり込むような、底知れぬ不安感を与える。

帝国との戦争だと。計画してはいたが、それを早めろというのか。なるほど……

「それはいい……。ジェラルドとユニヴァさえいなければ、老いぼれた父を殺し、すぐ王になれる。その後は、他国と秘密裏に同盟を組み、帝国に攻め入れば、お前たちに対価を払ったことになるだろう――」

SIDE　イーニアス

「それでは、前回の続きからお話しいたしましょう」

「うむ。よろしくおねがいします。クリシュナせんせい」

きょうのじゅぎょうは、ていこくし。わたしがいちばんすきな、おべんきょうなのだ！

「――初代皇帝アントニヌス様は、周辺諸国が侵攻してくることにいち早く気付き、戦争の準備をしました。しかし資源が豊富とはいえ、当時はとても小さな国でしたから、周辺諸国から一斉に侵攻されるとひとたまりもありません」

ひとたまりも、ないのか……。むむっ、ひとたまりもない、とはどういういみだろうか……あとでじしょをひいてみよう。

「イーニアス殿下、このようにどうしようもない状況を、アントニヌス帝はどう解決に導いたと思われますか？」

「うぬ……、しゅうへんしょこくの、こくおうに、せんそうはたくさんぎせいしゃをだすから、だめなことだと、おはなししたのだ！」

「ホホホッ、大変可愛ら……いえ、平和的な解決方法でございますね。話し合いの場を設けるのはとても大切なことです。そして、そのお気持ち、イーニアス殿下は決して忘れてはなりませんぞ」

「うむ！　ですが、はなしあいでは、ないのですか？」

「はい。残念ながら、話し合いはそれまでに何度もおこなわれてきたのです。しかし、他国は侵攻を諦めなかった。もちろん、技術力でランス国に勝る国はございません。アントニヌス帝は様々な技術を応用し戦う準備をしてきましたが、それでも数に勝る武器はございませんから」

はなしあいでも、だめだったのか……

「クリシュナせんせい！　ごめんなさいをしても、せんそうは、とめられませんか？」

「イーニアス殿下、殿下はなにも悪いことをしていないのに、突然周りを囲まれ、暴力を受けようとしていると想像してみてください」

「こ、こわいのだ……」

「はい。恐ろしいですね。そんな状況で殿下が謝ったとしましょう。すると周りはどう思うでしょうか？」

「……わたしは、なにもわるいことはしていない。なのにどうしてあやまるのか、とおもわれる……」

「戸惑うだけならいいでしょう。しかし、謝るということは、なにか悪いことをしたのだ。ならば罰を与える必要がある。と相手は思うかもしれません」

「そんな……っ」

どうして、そんなことをおもうのだ？　こわい……っ。

「だからこそ、アントニヌス帝は戦うことを決意したのです。そして、民のことを考えて、考えて、できるだけのことをやり尽くしたと思った時、アントニヌス帝のおこないを見ていた焔《ほむら》の神が現れたのです」

「かみ……」

「焔《ほむら》の神は、アントニヌス帝に力をお授けになりました。それが、あなた様にも受け継がれております、ご加護なのです――」

◆　◆　◆

グランニッシュ帝国皇宮にある図書館を、光を帯びたこぶし大ほどの小さなキノコが二つと、少年が一人飛び回っていた。

司書や図書館を使用している者にはその姿は見えないが、もし見える者がいたとしたら、驚いて悲鳴を上げていたことだろう。

『この図書館には、僅かだけどアバドンの力が残っているね』

『アバドンチガウ、コレ、セーレイ！』

『デモ、アバドンノチカラ、カンジル!!』

『ええ？　ということはもしかして……、アバドンと契約している精霊がここにいたってこと？』

SIDE　テオバルド

『テオ、大変だよ！』

『タイヘンダー！』

『ゴニン、シテター!!』

執務室に突然湧いて出た妖精たちに、騒がしいと思いながら顔を上げる。

「一体何事だ」

ちょうど一人でよかった。ウォルトは信じてくれたが、急に独り言を喋《しゃべ》り出すなど不気味だろう。

『この間報告した図書館の司書の件だけど、あれ、どうやらボクらが誤認していたみたい！』

『ボクラ、チガウ！』

『アオタチ、タダシイ!!　ゴニン、セーヨーセーダケ!!』

『そこはほら、ボクら三人で一人、みたいなところもあるんだから、ボクらってことにしておこうよ』

妖精たちのいつもの悪戯《いたずら》かとも思ったが、その内容が引っかかり、話に割って入る。

「誤認だと？」

図書館の司書の件といえば、ベルが会って本を選んでもらった人物だな。確か先日、悪魔の可能性が高いと報告があったが……、悪魔ではなかったということか。それならベルが言うように婚外子の王子の霊……？

『悪魔の力の残滓《ざんし》があったから、悪魔がいたんだと思っていたけど、もしかしたら、悪魔と契約している精霊かもしれないんだ！』

『カモ、ジャナイ！』

『マチガイナク、セーレイ!!』

精霊だと？

『前に言ったけど、悪魔は綺麗な魂の人間が転じたものなんだ。だからアバドンは元々聖者の可能性が高いんだよ。悪魔全てが聖者ってわけじゃないし、天使が悪魔に堕ちることもあるんだけど、妖精や精霊は聖者の魂に安らぎを感じるから、寄っていっちゃうんだ。アバドンを見た時、悪魔の気配はあったけど、居心地のよさも感じた。だから、ほぼ間違いないと思う』

つまり妖精や精霊は、聖者を見ると虫のように集《つど》うということか。

『そもそも聖者が治癒魔法を使えるのは、妖精や精霊と契約しているからなんだ。大概は祝福の儀で、その人間と契約しようと狙っていた妖精や精霊が現れて契約を結ぶんだけど。おそらくアバドンも悪魔に堕ちる前に契約していたんだと思う』

「アバドンと契約したものが精霊だと、当然のように話しているが、どうして妖精ではなく精霊だとわかる」

『妖精と精霊は似て非なるものだからね。妖精は自然の魔力や……生命エネルギーで形作られたもの。精霊は、神々の力で作られたものだから、性質が全く違うんだ』

『セーレイ、ヨーセーヨリ、チカラツヨイ！』

『ズットイッショ、チカラマジル!!』

「お前たちは、妖精とは異なる大きな力を、図書館で感じたということか」

『そういうことさ』

「つまり、アバドンと契約している精霊が、司書となってベルの前に現れたのか」

厄介な……。アバドンが、精霊と契約しているとは。

『そう！　妖精も精霊も好きになった人間はずっと好きだから、悪魔になってもそばにいたんだと思う』

『デモ、セーレイ、オチテナイ！』

『アクマ、トメテホシイ!!』

『うん。図書館で感じた力の残滓《ざんし》は、汚れていなかったよね』

精霊は、悪魔とともに堕ちてはいない？

しかし何故ベルに……

「精霊がまだそばにいるということは、アバドンは悪魔になってもなお、治癒魔法を使えるということか？」

『使えるよ。血と契約している特異魔法と違って、聖者の場合はその人自身——魂と契約するからね。仮に身体を替えても、魂が残っていれば契約も続くんだ』

『セイジャ、セイジョ、チスジジャナイ！』

『チユマホーノ、サイノーモヒツヨー‼　ダカラスクナイ‼』

『アオ、シャベリスギ、ズルイ！』

『アオ、チョーブン、シャベッタ‼』

魂と契約……。聖者の子孫にその力が受け継がれないのは、そういう理由だったのか……

『魂だけなら、テオやベル、ノアだって聖者になれそうな綺麗さだけど、治癒魔法の才能はないからね』

『アス、ネロ、レーテモキレイ！』

『デモ、サイノウナイ‼』

「聖者になるには、魂の美しさと、治癒魔法の才能、そして妖精や精霊を視る目が必要ということか」

なるほど、貴重なわけだ。そんな条件を満たす人間などほとんどいないだろう。

『だからベルは惜しいんだよね』

『チユマホーイガイ、アテハマル！』

『オシイ!!』

妖精たちが漏らした言葉に瞠目《どうもく》する。

「待て。ベルは元々妖精を目視できないだろう」

今視えているのは、妖精の力で強制的に見えるようにされたからのはずだ。

『確かにボクらが力を貸したから視えている状態だけど、ベルの場合、魂のブレさえなくなれば、自然とボクらが視えるようになっていたはずさ』

『イマ、ブレナイ！』

『キラキラ!!』

「魂のブレ？　なんだそれは……」

ベルの身に、なにかが起きていたというのか!?　そんなことは聞いていないぞ。

『よくわからないけど、魂がブレてたんだ』

『モーダイジョーブ！』

『ナオッタ!!』

このキノコども……っ、勝手に自己完結しているが、何故報告しない!?

思わず責めるようにそう言うと、妖精はしれっと答える。

『ベルの魂は、神々か精霊が介入しているから、テオに言ってもなにもできないと思ったんだよ』

『ナオッタカラ、ダイジョーブ！』

『モンダイナイ‼』

「っ……」

ここで妖精に怒鳴っても仕方がないと、努めて平静を装《よそお》う。しかし喉に小骨が引っかかったような不快さが渦巻いている。

「ベルは大丈夫なのだろうな？」

『大丈夫。むしろ魂のブレがなくなって、かつてない輝きを放っているよ』

『ピッカピカ！』

『マ、マブシー‼』

この緊張感のなさ……これなら大丈夫だろう。

「はぁ……妻はただでさえ身体が弱いのだ。大変だとは思うが、妻のことは全て私に報告してもらえると助かる」

『うん、わかったよ！』

『ベル、サッキ、トイレハイッタ！』

『カミ～♪　カミ～♪　ッテ、ウタッテ、ゴキゲンダッタ‼』

そこまで細かく報告しなくていい。

しかし、隣国から得た新たな紙が歌うほど嬉しかったのか……私もなにか開発して、ベルに贈れば喜んでくれるだろうか？
『テオってさ、たまにおバカになるよね』
『ズレテル！』
『アイガ、オモイ‼』

第三章　悪魔の精霊

「トランプ！　トレーディングカード！　ぬり絵にシール！　あ～もうっ、なにから作ろうかしら!!」

「奥様、まずはなにがどのようなものかを、こちらの紙に書き出してみてはいかがでしょうか」

「そうですわね！　ありがとうミランダ。早速この紙が役に立つのね」

紙から作れるおもちゃはたくさんあるけれど、いずれはおもちゃだけでなく、紙オムツや生理用ナプキンも作りたいのよね……そうなると、お肌に優しくて吸水性のある素材の開発が必要だわ。あっ、トイレットペーパーやティッシュペーパーもあれば便利よね！　貴族は生活魔法が使えるから水や風魔法で清潔に保てるけど、庶民は魔法を使えない人が多いもの。トイレに布の切れ端が常備されているって聞いたことがあるわ。

「奥様、思考が散漫になっております」

ミランダの指摘にハッとして、羽根ペンにインクを付ける。

なかなか書き心地のいい紙だわ。もっと滲《にじ》んだり、でこぼこで書きづらかったりするのかと思っていたけど、リッシュグルス国の製紙技術は高いのかもしれませんわ。

紙を手に入れたわたくしはまず、一番簡単そうなトランプを作ってみることにした。絵柄を描いた紙を、硫黄《いおう》を混ぜて柔らかさを調節したパブロの樹液、つまり新素材の原料で薄くコーティングしてみたのだ。

「見た目は成功ですわね……」

一見普通のカードだけど、なんだかこの堅さといい、薄さといい、鋭利な刃物のような……

「ハッ！　ちょっと待って……これ、カードをシャッフルしている時に指が切れますわ」

これじゃあ凶器ですわよ⁉　こんなの危なくて遊べない！

「新素材をナメていましたわ……。でもこれ以上柔らかくしたらカードになりませんし……、紙と新素材を混ぜて作ってみようかしら」

もったいないけれど、紙を細かくし、パブロの樹液と混ぜる。すると不思議なことに紙がトロトロに溶け、綺麗に混ざり合ったではないか。

「あら？　これは、紙を細かくする必要はなかったかしら……」

綺麗に混ざり合ったところで、型に少量流し入れ加熱してみる。すると、前世であったトランプのような感触の紙が出来上がったのだ！　あとはこれに絵柄を描けば完成だ。

「って、これ作る作業が尋常じゃなく大変なのだけど⁉」

いいえ、小さな型で作ろうとするからよね！　大きな型枠の中に薄く流し入れて、カードの大きさに区切ってある枠をその上から被せ、加熱すれば……

「……ミランダ、奥様は実験中ですか？」

「はい。今は集中なさっておりますので、中に入るのは控えた方がよろしいかと」

「そうですか。旦那様がお呼びなのですが、困りましたね……」

カードの薄さを均等にするのが思ったより難しいわ……

「ウォルト、待てずに来てしまったんだが……イザベルは中か？」

「旦那様、それが実験中のようでして……」

「実験？」

「新しい紙を使用した実験をなさっているのではないかと思います。新たなものを生み出そうとする奥様を邪魔してはいけませんので、出直そうとしていたところでした」

「そうか……。では私も出直そう」

とりあえずサンプルはできたし、今日はここまでにしましょう。あとは型枠を作ってもらわないといけませんわね。

などと考えながらトランプのサンプルを持って研究室を出ると、テオ様の姿が目に飛び込んできた。

「テオ様！」

「ベル、実験は終わったのか？」

吸い寄せられるようにテオ様のおそばに行くと、ギュッと抱きしめられる。

優しい旦那様にドキドキしてしまいますわ。

「はい。もしかして待っていてくださったの？」

「……妖精から君の魂がブレたと聞いた。心配になって様子を見に来たのだが……元気そうでよかった」

「まぁ！」

妖精たち、報告してしまったのね……

「それはご心配をおかけしましたわ。妖精たちにももう大丈夫だとお墨付きを貰っていますので、ご心配には及びません」

「……愛しい妻の不調だ。心配するのは当然だろう」

少しムスッとしている気がするテオ様は、なんだか可愛らしい。一見無表情なのだけど、よく見るとなんとなくわかるのよね。

「テオ様、ありがとう存じますわ」

前前世といえばいいのかしら……その時の憎らしい気持ちが、今のテオ様への気持ちに影響するかと思ったけれど、ますます愛しくなったのはどうしてかしら。もしかしてわたくし、前前世でもテオ様のこと……

「ベル？」

「いいえ、わたくしを大切にしてくださるテオ様が愛おしくて……」

「ベル、私も君が愛おしい」

蕩《とろ》けるような眼差しで見つめられ、頬を撫でられて額にキスをされる。その瞬間、先日の唇へのキスを思い出して顔が一気に熱くなった。

「て、テオ様、人前ですわ」

「君が可愛いことを言うからだ。それに、ウォルトたちはもういない」

ミランダは旦那様がそばにいると、いつの間にか姿を消しているのだけれど、ウォルトもなの⁉

「ベル……、君をもっと愛したい」

「へ⁉」

な、なんですの。唐突に⁉

「君の唇に、触れてもいいだろうか？」

「ヒェッ」

徐々に近付いてくる端整なお顔に頭の中が真っ白になり、胸のうちで鼓動が激しく打つ。心臓が耳元で鳴っているのではないかというほど大きな音を立てている。

顔が熱いですわ……っ。

『大変、大変、大変だー‼』

突然の叫び声に、ロマンチックに高鳴っていた心臓が、口から飛び出しそうになった。

『イーニアスガ、トショカンノセーレイト、セッショクシタ！』

『タイヘンダー!!』

なんですって⁉

SIDE　イーニアス

「――それでは本日の宿題は、アントニヌス帝が戦時中、国境の最前線で戦っていた自軍の兵に対しておこなったことをレポートに纏《まと》めることです。次回提出をお願いいたします」

「はい！　クリシュナせんせい、ほんじつも、ありがとうございました！」

クリシュナせんせいの、じゅぎょうがおわると、つぎのマナーのじゅぎょうまで、じかんがあいたので、しゅくだいをかたづけることにした。

「としょかんに、いくのだ！」

ごえいとじじょにたのみ、ばしゃをだしてもらう。

「せっかくちちうえから、こうきゅうで、いちばんおおきなとしょかんを、つかうきょかをもらったのだ。きょうは、そのとしょかんにいってみよう」

わたしのみやからは、すこしとおいが、ばしゃがあるからだいじょうぶ。おうまさんにも、さわらせてもらった。かわいかったのだ。でも、おうまさんのはなみずがついて、おててがちょっとくさい。

「イーニアス殿下、図書館が見えて参りました」

「うむ」

ちちうえからもらった、きょかしょうを、りょうてでつつんで、ばしゃをおりる。

いつもいく、わたしだけのとしょしつとちがう。

「おおきい……」

「グランニッシュ帝国で最も古い図書館の一つで、世界中の貴重な書物が集まっている場所です」

じじょがせつめいしてくれるので、うなずいて、きょかしょうをにぎりしめ、なかへはいった。

むねが、ドキドキするのだ。

きょかしょうをいりぐちでみせ、たかいてんじょうを、みあげていると、くろいかみをしたおにいさんが、こえをかけてきた。

「ようこそお越しくださいました。イーニアス殿下」

……どこかであった、きがする。だけど、おもいだせない。

「うむ。わたしをしっているのか？」

「もちろんでございます。私は、この図書館で司書をしている者です。もしお探しの本がございましたら、お申し付けください」

「ししょ……」

「たくさんある本を管理する者のことでございますよ」

「そうなのか！　では、アントニヌスていの、せんじちゅうのことが、かかれたほんをよみたい！　あるだろうか？」

「もちろんございます。すぐにお持ちいたしますので、あちらのお席におかけになってお待ちください」

「うむ。たのむのだ」

くろかみのししょが、ほんをさがしてくれているあいだ、わたしはせきにつき、としょかんをみてワクワクしていた。

ノアに、としょかんのことを、おしえてあげなければいけない！

いつも、ばんさんのまえに、ようせいをとおしておはなしする、たのしいじかんに、としょかんのことを、おはなししようときめて、ノアのおどろくおかおを、そうぞうしながら、ししょをまっていた。


「こちらが、アントニヌス帝の戦時記録でございます」

「うむ。ありがとう！」

すぐほんをもってきてくれたししょに、おれいをいって、いつもみるものよりも、ぶあついほんをひらく。

「……」

「殿下が探しておられた本で間違いございませんか？」

「……わからぬ」

「え？」

「よめぬじが、たくさん……」

わたしのとしょかんには、わたしがよめる、ほんしかないのに……。ここには、わたしのよめるほんは、ないのか……

「も、申し訳ございません。殿下はまだお小さいのでしたね。私が読んで差し上げましょう」

「いいのか……？」

「もちろんでございます。司書ですから」

「うむ。おねがいする」

ししょは、このむずかしいほんを、よんでくれるのだそうだ。とてもたすかる。

「四面楚歌《しめんそか》で戦争が始まったランス暦三八九年、十一月。アントニヌス帝は各敵国に隣接する場所に、弟君であるウェルス様と、アベラルド様を送り、ご自身もまた、最前線である国境へと赴《おもむ》きました」

む……。し、めんそか……、おもむき、とはなんだろうか……。あとで、じしょをひいてみよう。

「ししょよ、『アベラルドさま』とは、はじめてきくなだ。どなたなのだろうか？」

「アベラルド様は、アントニヌス帝とウェルス様の弟君で、人類史上最も優れた聖者と呼ばれたお方です」

「せいじゃ……？」

「治癒魔法が使え、妖精や精霊を視ることのできる人間を聖者と呼びます」

「ちゆ、とは……、けがや、びょうきをなおす、まほうのこと？」

「そのとおりです。アベラルド様は、四肢の欠損すらも治せた、素晴らしいお方でした。それだけでなく、様々な武術も習得なさっておりましたので、とてもお強いのですよ」

「ししの、けっそん……また、しらないことばが、でてきたのだ」

しかも、おつよいのか。アベラルドさま、えほんのしゅじんこうのようだ。

「私としたことが、申し訳ございません！　四肢、すなわち、両手両足のことを指します。つまり、アベラルド様はたとえ手足がなくなっても、生やすことができたのです」

「なんと！　アベラルドさま、すごいのだ！」

「はい。とても素晴らしいお方なのです」

「けど、わたしは、アベラルドさまのおなまえを、きいたことがない。なぜだろうか？」

クリシュナせんせいの、じゅぎょうではまだ、ならっていない。アントニヌスていの、おとうとなのに、どうして？

「それは……、アントニヌス帝が故意に存在を消したからに他なりません」

「こい？」

「わざと、存在を隠されたのです」

「どうして？」

「それは、アベラルド様が聖者だったからです」

「どうしてせいじゃだと、かくさねばならないのだ？」

せいじゃは、すごいひとなのだから、かくすひつようはないのに。

「それは……アベラルド様が、優秀すぎたからに他なりません」

「ゆうしゅうすぎたら、かくさねばならないのか？　どうして？」

「……少し、戦争についてお話ししましょうか――」

ししょは、かなしそうなかおをして、せんそうのことを、おはなししてくれた。

「ランス暦三八九年、十一月に始まった戦争は、アントニヌス帝の焔神《ほむらがみ》の加護、ウェルス様の水と風の神の加護をもってしても、終結に至らせることは難しく、互いの国に甚大な被害を与える結果となりました――」

◆　◆　◆

イーニアス殿下に、図書館の精霊が接触した……!?　って、あら？　なにが大変なのかしら？

「イーニアス殿下の宮の図書室って、精霊が住んでおりましたのね」

『そんな悠長なこと言っている場合じゃないよ！　ベルッ』

『トショカンノセーレイ、アクマノセーレイ！』

『アス、キケン‼』

えぇ⁉　悪魔の精霊⁉　悪霊ってこと⁉　イーニアス殿下が、悪霊に狙われていますの⁉

「皇后様に今すぐ連絡を取れますか⁉」

『うん。……伝えたよ。すぐ図書館に走っていったみたい』

『レーテ、アワテテル！』

『ネロ、レーテ、アットイウマ、ハシッテイッタカラ、ビックリ‼』

イーニアス殿下が、悪魔に操られていた陛下に連れ出された時と同じ……っ。こういう時、なにもできない自分が嫌になりますわ。わたくしも、皇后様のように転移魔法が使えたらよかったのに……役立たずですわ。

テオ様を見ると、いつの間にか現れていたウォルトに、皇城に行く準備をするよう伝えている。

「テオ様、わたくしも連れていってくださいまし！」

「ベル、君は領地に残るんだ。今回は急ぎの旅になる。ベルを連れていくとなると、ノアも連れていくことになる。そんな旅に幼い子供の体力ではついていけないだろう」

「それは……」

ノアを、そんな過酷な旅に連れ出すわけには……いきませんわよね。

「わかりましたわ。わたくし、ここで無事をお祈りしております……」

「ベル、聞き入れてくれてありがとう」

テオ様はそう言ってわたくしを抱きしめてくださいましたの。

「イーニアス殿下に付いていてくださっている妖精は、悪霊から殿下をお守りくださっているのでしょうか」

「悪霊？」

『ベル、なに言っているのさ』

『アクリョーチガウ！』

『アクマ!!　ダイサンオージノ、セーレイ!!』

え？　悪魔……って、アバドンのことですの？　第三王子って、もしかしてあの乳母の日記の？

「そうか。ベルには言っていなかったな……。ベルが遭遇した図書館の司書は、おそらく悪魔が聖者だった頃に契約した精霊だそうだ」

「え……」

「ベルが見た司書の外見は、アントニヌス帝の弟である第三王子と特徴が一緒だと言っていたな。つまり悪魔アバドンは、初代皇帝アントニヌスの弟である第三王子で間違いないだろう」

エェ!?

「そしてその精霊は、未だ第三王子のそばにいると、妖精たちは言っていた」

「や、やっぱり、精霊は悪霊になったのではありませんか⁉」

『違うよ。精霊は堕ちてない』

『セーレイハ、ダイサンオウジ、スキ』

『ズーット、スキ』

ずっと好き……？　それはつまり、悪魔の味方ってことよね？

第四章　聖者アベラルド

SIDE　リッシュグルス王国　ジェラルド王太子

グランニッシュ帝国から自国へ戻り、数日が経った。相変わらず第一王子は僕に毒を盛り、暗殺者を差し向けてくる。だから命の危機に瀕《ひん》することが多くなった。彼は焦っているのだろう。昔はもっと、気遣いに溢《あふ》れた優しい人だったのに。いつから僕たちはこんな風に対立するようになったのだろうか。

「ジェラルドや、あの子を許してやってほしい……。あの子は可哀想な子なのだよ」

父上は……母上も、第一王子を健康に産んであげられなかったことへの罪悪感から、彼がやっていることを知りながら見て見ぬふりで……でも、このままじゃダメなんだ。僕らの後ろには守るべき民がいる。僕らは、王族なのだから。

兄は取り返しのつかないところまで突き進んでしまった。だから王族として、第一王子を止めなければならない。

「父上、あなたは王でありながら、切り捨てるべきものを切り捨てず、親としての情を優先させました」

「ジェラルドよ……なにを……」

「国の財産に手を付け、他国と内通して国民を危険にさらす第一王子のおこないを、知っていながらも未だ擁護《ようご》するその姿は、王としてあってはならない」

「っ……」

「父上、いえ、王よ。あなたに、退位を要求します」

SIDE　アバドン

「はぁ……、はぁ……、はやく……治療を……っ」

死にかけの男が、オレにその痩《や》せ細った手を伸ばしてくる。

コイツの父親であるリッシュグルス国王は、退位することになった。王太子に退位を迫られ、すんなり受け入れたらしい。

そして、弟に罪を暴かれたこの男の処刑が今日、決まった。王族の処刑方法はいつの世も変わらない。末路は服毒による死だ。

「つまらねぇなぁ……」

「なに、いって……、はぁ……、はぁ……っ、ちりょ、を……」

戦争でも起こしてやれば邪魔なディバインの力を削《そ》げ、グランニッシュ帝国の国力も衰《おとろ》えると思ってリッシュグルス国にわざわざ来たってのに、コイツは。

すでにディバイン公爵にも隣国にいることを嗅《か》ぎつけられている。すぐに姿を隠したから、もうここにはいないと思わせることはできただろうが……

「使えねぇ」

「な、に……？」

「オレはよぉ、外傷ならすぐ治せるし、四肢が欠損したってちょっと時間を貰えりゃ治せるんだ。まぁ、どういうわけか、病気を治すにゃ時間が年単位でかかっちまうがな」

「……なお、せるのだろ……っ、それ、に……毒、も……」

「ああ。治せるさ。けどよぉ、いくらお前を回復させても、ジェラルドが国王になることは変わらねぇだろ」

「な、だと……」

欲と嫉妬心、そして猜疑心《さいぎしん》の塊《かたまり》のような男。病弱に生まれたばかりに、弟に全てを奪われる情けねぇ王子。そして最期はその弟に消されるなんてな。

「なお、せ……っ、いますぐ、治癒、してくれ……っ」

「だからもう無駄だっつってんだろうがよ。テメェの弟が、誰かさんのせいで余計な知恵付けちまった。あの豚がグランニッシュ帝国にさえ行かなけりゃ、数年後にはテメェが国王だったかもしれねぇが、残念だ」

「まだ……だ……っ、アイツ、を殺せば……っ」

「無理だろうが。死にかけのお前が、どうやってジェラルドを殺すってんだ。今やお前を支持する奴なんて誰もいやしねぇ」

「っ……毒、を……はぁ……っ、はぁ……、あの、毒を、よこせ……！」

早く諦めりゃいいのに、まだそんなこと言ってんのかよ。

「無駄だ。解毒薬を手に入れやがったようだぜ」

「そ、な……っ」

絶望した面《つら》……。コイツはもう、ダメだな。

「……なぁ。オレが、お前を拐《かどわ》かしてやろうか？　外に出りゃあ、庶民としてだが自由に暮らせるぜ？」

「……王に……なれない、の、なら……っ　死んだ方が、マシだ……！」

「そうかよ」

ああ、お前も……、自由を選ばねぇのか――

その日、リッシュグルス王国第一王子の訃報が国民に知らされた。死因は長年患《わずら》っていた病によるものだという。誰もが第一王子の死を悼《いた》み、偲《しの》んだのだ。

◆　◆　◆

「――ぅえ、兄上！」

青々と茂る木々の間から、燃えるような紅が見え隠れする。

「アントニヌス兄上！」

相変わらずどこにいても目立つオレの兄上は、木の上から顔を覗かせ太陽のように笑った。

「アベラルド！」

「兄上！　ウェルス兄上が捜していたぞっ」

「ウェルスが？　大変だ。あいつを怒らせるとなかなか機嫌が直らないから」

軽い身のこなしで飛び降り、ほとんど音も立てずに着地する。

「また、街を眺めていたのか？」

「うむ。王都は、この木の上から見るのが一番美しいのだ」

城の高台の、一番背の高い木。アントニヌス兄上は、暇さえあればいつもそこで王都を眺めている。

「兄上、周辺諸国の動きが活発になっている。そろそろヤバそうだ」

「そうか……、父上は療養中だが、義母上とともに教会に移動してもらった方がいいかもしれぬな。アベラルド、お前も父上たちと一緒に教会へ……」

「兄上！　オレは戦うぞっ。自分だけ安全な場所に逃げて、兄上たちを戦場に行かせるなんてできるか!!」

兄上はいつまでもオレを子供扱いする。

もうオレは十九だぞ！　戦えるし、治癒魔法も使える。なのにどうしてオレだけ逃がそうとするんだ！　ウェルス兄上は連れていくのに……っ。

「アベラルド……」

数ヶ月後、周辺諸国が宣戦布告し開戦すると、オレは最前線に立った。

馬の駆ける音とぶつかる金属音。怒号と悲鳴が常で、耳鳴りが酷くなる一方だ。血と、肉の腐ったような臭いに鼻は麻痺し、足元には死体が転がっているのが当たり前。

戦場は、オレの想像を遥かに超えた悲惨さで、兄上がオレの参戦を渋った理由がわかった気がした。

「アントニヌス様は、我々を捨て駒にする気なのではないか……」

「しっ！　誰かに聞かれたらどうするんだ」

衛生班の様子を見るために訪れた施設でそんな声が聞こえ、足を止める。

「だが、待てど暮らせど援軍が来ないではないかっ」

「それは……」

「我らは、見捨てられたのだ！」

「馬鹿なっ。ここにはアベラルド様もいらっしゃるんだ！　アントニヌス様が弟君を見捨てるはずないだろう‼」

そうだ。兄上がオレたちを見捨てるはずがねぇ！

「アベラルド様は所詮、愛妾の子だろう。いくら聖者でも……いや、聖者だからこそ、王位を奪われると思っているのではないか」

――愛妾の子。

そう言って馬鹿にされるのなんていつものことだ。王城でも、幼い頃からずっと使用人に馬鹿にされて育ってきた。

確かに母上は平民だし、使用人には貴族が多いから仕方がないのかもしれない。だが、オレたちの世話などする気はないとあからさまに示す使用人たちの態度に、何度母上とオレが悔しい思いをしただろう。マナー講師すら、授業をせずにオレを放置していたくらいだ。

父上は愛してくれたけど、使用人たちは父上の前ではいい顔をして、教育が進まないのはオレの出来が悪いからだと言い放った。自分たちが仕事をしないからなのに。

母上は、自分は平民出身だから仕方がない、正式な妃でもないからと諦め、そんな使用人の態度になにも言わなかった。

そんな日々が続いていたある時、アントニヌス兄上と出会ったのだ。

もちろん兄上の存在は知っていた。けど、使用人たちに、オレが近寄っていいお方ではない、と邪魔されたため、遠くから見るだけの存在だった。なのにアントニヌス兄上は、使用人たちが制止するのもかまわず、人懐っこい笑顔でオレに声をかけ、交流をはかってくれたんだ。

最初は兄上付きの使用人もいい顔をしなかったが、時間が経つにつれ、その態度は軟化していった。だからなのか、オレや母上付きの使用人もだんだんと世話をしてくれるようになった。あとで聞いたのだが、アントニヌス兄上が使用人を叱ってくれたらしい。

優しい兄上。オレはそんな兄上がすぐに大好きになり、いつもあとをついて回っていた。そして兄上もオレを可愛がってくれた。ウェルス兄上とは……、まぁ色々あったけど、周りからも仲がいいと言われる程度には兄弟仲はいい。

だから、兄上がオレを見捨てるなんてあり得ない。

「援軍は来るさ……。アントニヌス様がそんなお人じゃないことはわかっているだろう」

そうだ。兄上なら絶対……っ。

しかし、それからも援軍はいっこうに来る気配がなく、やがて物資の配給すらままならなくなっていった。

兵たちは飢えていた。怪我をしてもオレが治すから、いつまでも戦わざるをえない。飯も残飯を漁《あさ》る毎日。食えない日も増えてきた。

「疫病神《やくびょうがみ》」

「あんたの所業は悪魔だ」

「なにが聖者様だっ、この悪魔！」

もう死にたいと願う兵たちを治療し、淀《よど》んだ目で投げつけられた言葉。もうオレも、兵たちの心も疲弊《ひへい》しきっていた。

「アベラルド！　遅くなってすまぬ!!」

そんな時、ついにアントニヌス兄上が来てくれた。片腕を失くしボロボロの姿にもかかわらず、その瞳は太陽のような輝きを失っていなかった。

「なんということだ！　こんなに痩《や》せこけて……っ、辛かっただろう！」

「兄上こそ、腕が……！　すぐに治癒魔法を……」

「そんなもの、あとでいいのだ。それよりも、お前はきちんと食べて、休まねばならぬ」

「兄上……っ」

「兵たちも、よく踏ん張ってくれた！　食糧を運んできたのでな、しっかり食べて休んでくれ！」

兄上の言葉に、姿に、虚《うつ》ろな目をしていた兵たちがたちまち気力を取り戻した。その後兄上のおかげで、混戦模様だった戦況が一気に優勢となり、あっという間に片が付いたのだ。

戦争は二年続いたが、オレたちは周辺諸国に勝利し、国を統合してグランニッシュ帝国を建国した。

　こうしてアントニヌス兄上は初代皇帝として、君臨することになったのだ。

「皇帝陛下は、軍事統括司令官にウェルス様を任命されたらしい」

「妥当だな。ウェルス様ほど指揮官として優れているお方はいらっしゃらない」

「しかし、戦ではアベラルド様が一番活躍されていましたよね？」

「確かにあの方は聖者であり、騎士としての能力にも長けたお方だが、アベラルド様を取り立てれば、いつ皇帝の座を奪取されるかわからんからな。陛下もそれを懸念して、アベラルド様と距離をおいておられるのだろう」

　兄上がオレと距離をおいている……？

「聞いた話では、陛下は聖者であるアベラルド様が、民の支持が厚いことを疎《うと》ましく思っておられると」

　まさか。そんなはずはない。ただの噂だ。

　頭ではわかっているが、胸のうちに言葉では言い表せないような気持ち悪さがせり上がり、オレは急いで兄上の執務室へ向かった。

　大丈夫、あの時と同じだ。あの時も兄上は来てくれた。あの人が、オレを見捨てるはずはねぇんだ！

「兄上!!」

「アベラルド？　どうしたのだ。そんなに慌てて……」

兄上の執務室には、オレは呼ばれてないのに……ウェルス兄上だけ……っ。

どうして？　オレは呼ばれてないのに……ウェルス兄上もいた。

「アベラルド、ちょうどいいところに来たな」

ウェルス兄上がそう言って、アントニヌス兄上を見る。

「うむ……、アベラルド、お前はすぐ、城から出ていくのだ」

「え……？」

「お前が城にいては……お前に……」

「アントニヌス陛下、はっきりと言わなければならない」

「わかっている。アベラルド、お前は政《まつりごと》に関わるな」

なにを、言ってるんだよ……兄上……っ。

「これは皇帝命令だ。今すぐ荷をまとめて、城から出るのだ」

「兄上……」

「アベラルド、お前は陛下のアキレス腱となる。大国となった今、それを統治するアントニヌス陛下の足元が揺らぐことは許されない」

「ウェルス兄上……」

どうして……、嘘だろ……？　オレを、捨てるのか――

城を追い出されたオレは、あてもなく王都……いや、帝都を彷徨《さまよ》っていた。

『アベル、私はもう一度アントニヌスと話した方がいいと思うのだけど……』

オレと契約している光の精霊、ウィルがそう諭《さと》してくるが……オレは兄上から捨てられたんだ。

もう……、会ってくれねぇだろ。

『そんなことないと思う。アベルはとってもいい子だもの』

「……」

ウィルに慰《なぐさ》められながらトボトボ街を歩き、ふと視線を上げた。

終戦直後の街は、燃やされた家々や、瓦礫《がれき》に埋もれた広場、生々しく残る血の跡でとても美しいとは言えない。だが、行き交う人々は、そんな状況にも俯《うつむ》くことなく、逞《たくま》しく生きていた。

戦争で失ったものは多い。それでも踏ん張って生きる民を目にしたら、もう一度、オレも頑張ってみようって気がしてきた。

「兄上……っ」

やっぱりこんなのは兄上らしくねぇ！　もう一度、兄上ときちんと話そう！

そう思ったオレは、急いで城に戻ると、幼い頃遊んだ隠し通路から中へ忍び込んだ。

「やっと出ていったか。まったく……、これで陛下も肩の荷が下りただろう」

「そうですね。陛下の弟君はウェルス様だけです。妃の子供でもない者がいていい場所ではありません」

その声は、いつもアントニヌス兄上のそばに控えている、侍従と侍女だった。

「ですが、やはり陛下もずっとあの平民まじりを追い出したかったのですね」

「それはそうだろう。なにしろ、お父上の愛情は全て、あの平民まじりに奪われたのだ。アントニヌス様とウェルス様も本心は、あの平民まじりが憎くてたまらなかったのだろう」

「これで、陛下はお心穏やかに過ごせますね」

父上の……？

「あいつは、なんで使用人から嫌われていたのか、全然わかっていなかったからな」

「本当に。父親に放置されていたお二人にとっては、辛い日々でしたでしょうに……」

放置……？　なんのことだ？

『アベル……、あんなの、アントニヌスたちの本心なんかじゃない。だから、もう一度アントニヌスたちと話そ……』

「父上は、兄上たちに対して、どんなだった……？」

ウィルは昔から城を自由に見て回っていた。だから、父上が兄上たちにどんな対応をしていたか、知っているはずだ。

『……確かに、アベルのお父さんは、アントニヌスたちには無関心というか、冷たかったけれど……でも、それでアベルを憎むなんてなぃ……』

「あいつらの言っていたことは……本当だったのか……っ」

最初から、兄上たちはオレが……憎かったんだ。

「……んだよ……っ、なんだよそれ……！　オレが、父上と母上の愛情を、独り占めして……っ」

『それは違う！　アベルはなにも悪くないんだから！』

ごめん、ごめん……っ、兄上、ごめんなさい……っ。

なにも知らなかったオレは、兄上たちから離れた方がいいのだと悟り、今度こそ城を飛び出した。

その後は帝都を出て、色んなところで復興を手伝いながら生活していた。

兄上たちが優秀だ、賢帝だという噂を各地で聞いた。そんなの当たり前だと思いながら、オレは様々な場所を転々としていたんだ。いつの間にか、治癒魔法を使って、医者の真似事まで始めるようになって、それがどんどん評判になっていった。そして――

「アベラルド様、やっと見つけました！　あなた様がアントニヌス陛下とウェルス様に城を追われたと聞き、お父上が心配なさってお捜しになったのですよ！」

父上の使いだと名乗る者に、オレは連れていかれた。

久々に会った父上は、病のせいで痩《や》せ細っていたが、しっかり治療は受けられている様子だった。

自然に囲まれ穏やかな時間が流れるこの屋敷は、病気の療養にはぴったりで、近くに温泉も湧いているらしい。母上も父上のそばにおり、悪くない余生を送っておられるようで安心した。

しかし――

「アベラルド！　あの者たちに城を追われたとは本当か⁉　可哀想に……っ、本来ならお前が私の後継者として王となるはずだった……。それを、アントニヌスめ！」

「アベラルド、アントニヌスとウェルスは、私たちをここに閉じ込め、あなたから王の座を奪ったのよ」

は？

「アベラルドは貴重な聖者だ。民の支持も厚く、なにより私とエレナの子供なのだ。アントニヌスよりも余程……っ。だがランス国は第一王子が立太子する決まり……。だからわざわざ周辺諸国の者を扇動し、新たな国を作り、アベラルドを皇帝にしようとしたのに……っ」

「父上、なにを言って……」

「アベラルド、今からでも間に合うわ。アントニヌスから皇帝の座を奪うのよ！」

「は、母上……？」

この人たちは……、なにを言っている？　周辺諸国を扇動……？

「アントニヌスもウェルスも、お前の命を狙っている。助かるには奴らを殺し、皇帝の座を奪うしかないのだ！　もう準備はしてある。私を支持してくれる者たちを集めてあるのだよ」

「だからアベラルド、あなたが立ち上がり、彼らを始末するのよ！」

――お前は陛下のアキレス腱となる――

あの時の、ウェルス兄上の言葉を思い出した。

二人は、オレが……二人の命を狙うと思っていた……？　オレが地位を脅かすと思って疎《うと》ましくなった……？　それとも――

「お前だけが頼りなのだよ。アベラルド」

そう訴える両親に、もうなにを信じたらいいのかわからなかった。だけど、オレはアントニヌス兄上を信じたかった。兄上のあの優しさが嘘だとは思いたくなかったから。

すぐにこの邸《やしき》から出ようとしたが、父上たちはオレを邸《やしき》の奥の部屋に閉じ込めてしまったのだ。

父上と母上の様子がおかしいことに、この時初めて気が付いた。

『私が、すぐに助けを呼んでくるからね。待っていて！』

ウィルは、自分がオレ以外には見えないことも忘れて飛び出していく。そして――

「アントニヌス皇帝への反逆罪で拘束する！」

ウェルス兄上率いる騎士団が邸《やしき》に踏み込み、オレ以外の全員が呆気なく拘束された。身体が弱っていた父上は逃げることも叶わなかったのだろう。

「ウェルス、兄上……」

「まさかとは思ったが……何故お前がここにいる」

「ぁ……っ、連れて、こられて……」

「どういうことだ……。お前を巻き込まないようにと、兄上の侍従に、別宅に行くよう指示した手紙と、必要な資金を渡すように頼んでおいたはず……」

ウェルス兄上は困惑したようにオレを見ていた。

「別宅？　金？　オレは城から出たあと、帝都から出て、旅をしていた……」

「旅だと⁉　なんということだ……っ、あの侍従は、お前を身一つで城から追い出したというのか！　しかもずっと、兄上に嘘の報告をしていたと……‼」

怒りで歪んだウェルス兄上の顔に、やっぱり兄上たちはオレを捨てたわけではなかったと確信した。

『全部誤解だったの！　アントニヌスは、ずっとアベルを心配していたから』

「ウィル……、お前、どうやって兄上にオレが捕まっていることを伝えたんだ？」

『簡単だよ！　アベルのおかげで文字が書けるようになったから、手紙を書いてアントニヌスに見せたの！』

「マジかよ……」

いつの間にか文字を覚えていたウィルには驚かされた。

「――アベラルド、すまぬ！」

ウェルス兄上に、皇城のアントニヌス兄上の私室に連れていかれた。入室した途端アントニヌス兄上が頭を下げる。

「兄上！　兄上が頭を下げる必要なんてない！　オレは……っ」

やっぱり昔のままの兄上だ……っ、そう思ったら涙が溢《あふ》れた。

「すまぬ。あの時、私にはあの男の影が張り付いていた。理由も言えず、城を追い出すような形になってしまい、申し訳なかった……っ。しかも私付きの侍従があのような愚かな真似をするなど……」

アントニヌス兄上は、父上が国を裏切っていたことを知っていたらしい。オレが父上たちの傀儡《かいらい》になることを避けるため、そしてオレを利用しようとする奴らから逃がすためにいろいろ考えていたという。本来は、兄上の侍従が逃走ルートが書かれた手紙とお金を、城から出る際に渡す手筈になっていたのだが、そのお金を着服して、ずっと虚偽の報告をしていたそうだ。

「王子のお前が庶民として旅をするなど……辛いこともたくさんあっただろう……。しかも戦後の復興の真っ只中で……っ」

アントニヌス兄上はそう言ってオレを抱きしめてくれたが、オレは旅ができてよかったと思っている。国の現状や、民のことを知られたし、怪我や病気で苦しんでいる人を少しでも救えたからな。

そう伝えると、ウェルス兄上が口を開いた。

「そんな優しいお前を、あの男も教会も、民すらも、利用しようと虎視眈々《こしたんたん》と狙っている。アントニヌス兄上は、そんな奴らからお前を遠ざけたかった。お前は現状、腹を空かせたハイエナどもに狙われたご馳走だ」

ウェルス兄上が心底嫌悪するように、その美しいと評判の顔を歪めた。

「奴のことは、アベラルドには知られたくなかった」

アントニヌス兄上は悔しそうに唇を噛むと俯《うつむ》き、きつく目を閉じる。

「あの人も、はじめはあんな風ではなかったが、臣下や民の話に耳を傾けすぎたのだ……。可哀想な人だった……」

「王には向いてない人だ。さっさと譲位して、田舎で平和に暮せばよかったものを」

「ウェルス……」

兄上たちは、本当に父上に虐《しいた》げられてきたんだな……

「あの男のいた邸《やしき》の地下から、召喚陣が発見された」

召喚陣？

ウェルス兄上は、硬い表情でアントニヌス兄上に伝えると、オレに「お前は父上の裏の顔を知りたいか」と問うてきた。

知りたい。オレだけなにも知らないなんて嫌だ。オレは、知らなきゃいけないんだ。

「なにを召喚していたんだ？　魔物か？」

「召喚陣の中には、千を超える人間の遺体が積み重なっており、それらの全てが外傷もなく命を奪われていた」

人間の遺体……って、それは……

「生贄《いけにえ》か……っ。つまり父上は、千人以上を生贄《いけにえ》に、なにかを召喚した……」

生贄《いけにえ》の必要となる召喚……、だとしたら……っ。

「ああ。悪魔召喚で間違いない。しかも千人もの人間を贄《にえ》にしたものだ。相当力の強い悪魔が召喚されたに違いない」

「まさか……っ」

父上……っ、あんたはなんてことを!!

オレの前で笑っていた優しい父上の姿と、兄上たちの話す父上のあまりの違いに悪寒が走る。

「そこまでして、父上はなにを願ったと……？」

アントニヌス兄上が苦虫を噛み潰したような顔をして、ウェルス兄上を見る。

「あの男が願いそうなことは、不老不死や王の座だろう」

あの父上が、そんなことを望んでいるのか……。それに、悪魔の召喚で願いを叶えてもらうには、自分の魂を差し出す必要があるんじゃないのか？　それならウェルス兄上の言う不老不死や王の座は意味がないんじゃ……

「ウェルス、お前はあの人のこととなると途端に冷めたことを……。アベラルド、気にするな。あの人がお前に見せる優しさは本物だ。全てが嘘だったわけではない」

「アントニヌス兄上……」

「はぁ……、兄上はアベラルドに甘い」

ウェルス兄上はオレを優しい目で見つめると、アントニヌス兄上に視線を戻して姿勢を正した。

「兄上、あの男はまだ悪魔になにも願ってはいない。おそらく、悪魔を呼び出すだけで千の生贄《いけにえ》の魂を全て消費しているはずだ。そして、虎視眈々《こしたんたん》とアベラルドを奪い返そうと狙っている」

「……お前は、奴がアベラルドに自分の病気を治療させ、皇帝となることを悪魔に願うと思っているのだな。アベラルドを邸《やしき》に閉じ込めていたのも、治療をさせるためだと……」

自分の病気を治癒させるためにオレを閉じ込めて……。父上……、あんたは一体いつからおかしくなってしまったんだ。

「悪魔を召喚した今、奴に人の心が残っているとは思えない。そしてアベラルドが戦争に参加してしまったために、病気の治療が遅れている。奴は、今頃王になるのか、不老不死になるのか悩んでいるに違いない」

兄上たちはどうしてか、父上が悪魔から生き残ることを前提に話している。もしかして、悪魔に魂を渡さず願いを叶える方法があるのだろうか……

「たった一つの願いを叶えるにしては、生贄《いけにえ》が多すぎる。そのどちらもを願う可能性があるのではないだろうか。だからこそ、より強い力を持つ悪魔を召喚する必要があったとは考えられないか？」

アントニヌス兄上の言うように、悪魔を召喚するための生贄《いけにえ》が千人など聞いたこともない。複数の願いを叶えてもらうために、複数の悪魔を召喚した可能性もある。

そう伝えると、ウェルス兄上は首を横に振った。

「まず一度に複数の悪魔を召喚することは、現存する召喚陣では不可能だ。なにしろあの陣は召喚できるものが一つとなるよう組まれている」

「ウェルス兄上は、なんでそんなこと知ってるんだよ」

いくら軍事司令官だからって、そんな情報、どっから仕入れてくるんだ。

「召喚した複数の悪魔に世界が支配されることを恐れた古代人の知恵だと、教会に保管された資料に書かれていた。そして、召喚のみで千人もの生贄《いけにえ》を必要とする悪魔は、おそらく古《いにしえ》の悪魔『アバドン』だけだ」

アバドン……!? 神話に出てくる、神の使いでありながら邪悪な心を持ち、悪魔となったあの……!?

「『悪魔アバドン』……本当に存在するのか？ 確かにアバドンならば、生贄《いけにえ》の数も頷けるが……神話の中の話なのだ。それに、アバドンのような力の強い悪魔の制御など人間にはできぬだろう」

「そうだ。だからあの男は王としての立場を利用し、戦争を起こして民や兵の魂を使った」

「っ……それがあの、『契約』の贄《にえ》か……」

『契約』？ 悪魔を呼び出すだけではなく、契約を結ぶ？ そんな話、聞いたことがない。悪魔を召喚すれば、待つのは死だけ。子供でも知っている有名な御伽噺《おとぎばなし》だ。願いを叶えてもらう代わりに殺されるって。

オレが不可解な顔をしていたからだろう。アントニヌス兄上が教えてくれた。

「アベラルドが知らぬのも当然だ。これは教会の機密情報だからな」

「教会の機密……？　なんで兄上がそんな情報を……っ」

「私はこれでも皇帝なのだぞ？　知らされぬことなどないのだ」

真剣な話をしているというのに、ふふんっと胸を張り、「なんて、全てウェルスが調べてきてくれたのだがな」と、おどけた様子を見せるアントニヌス兄上は可愛らしい。

「悪魔とは本来、召喚した際、願いを叶える代わりに召喚主の魂を喰らう存在だ」

アントニヌス兄上がふざけていたせいか、焦《じ》れたウェルス兄上が話を進める。

「ウェルス⁉　私が話そうと思ったのに……っ」

アントニヌス兄上を無視して、淡々と話すウェルス兄上は昔から意地悪だ。

この関係は、今も変わってないんだな……

「願いを叶えても結局死んでしまう。だから悪魔を召喚する人なんて、自身の命を捧げてもかまわねぇ奴しかいないって話だけど……」

ウェルス兄上の話を聞いて、昔教会で聞いた話を思い出す。

「だから、自身の魂の代わりとなる贄《にえ》を捧げる。それが『契約』だ」

「っ⁉」

父上は、そこまでして王や不老不死なんてもんになりたいのかよ⁉

「千以上の魂を捧げてやっと召喚できる悪魔との契約だ。戦争で亡くなった多くの魂を要求されるのも無理はない」

アントニヌスは納得したといった風に、ウェルス兄上を見た。

オレも不安になり、口を開く。

「アントニヌス兄上、あれだけたくさんの兵や民が亡くなったんだ。願いがたった一つなんてことはないよな？　父上はどれだけ多くの願いを叶える気でいるんだよ……」

「いや、あの人はおそらく『戦争で亡くなった自国の者の魂を捧げる』という対価で、一つの契約を結んだのだろう」

「なんで……、それだけの魂があれば、いくつも願いを叶えられるはずだ。だって、それだけ人が死んだ……」

父上のせいで……っ。

「等価交換だ」

「等価交換……？」

「奴の願いが、それだけ規模が大きい、もしくは叶えがたいものだということだろう」

確かに、考えてみたら、不老不死なんて神の領域だ。

「しかし、あの人の願いは本当に不老不死や王になることなのだろうか……？　なにか嫌な予感がするのだ――」

はたして、アントニヌス兄上の嫌な予感は当たった。

暗雲が立ち込め、今にも雨が降り出しそうな空。朝だというのにまるでオレの心を映したように暗い。その日は、父上が死刑に処される日だった。

高い位置にある鉄格子がはめられた小さな窓から、いよいよ降り出した雨が吹き込み床を濡らす。

これは現実なのだろうか……。痩《や》せ衰《おとろ》えた父上の姿を前にすると、心臓をぎゅっと絞られたように苦しくなる。オレには優しい父上だった。

父上を閉じ込めている部屋は、ベッド以外になにもないからか、広く寂しく感じる。オレはたまらなくなって兄上たちに視線を移した。息子として、父の処刑に立ち合いたいと言ったのはオレだ。きちんと見届けなくてはならない。

兄上たちは冷たい瞳を父上に向け、罪状を淡々と読み上げた。

「アントニヌス……っ、ウェルス……！　お前たちの魂は、悪魔に喰われ、永遠に転生できぬ!!」

あなたを毒死刑に処す——そう伝えた途端、奇声をあげて笑いながら、呪いの言葉を吐いた父上の姿に、愕然《がくぜん》とした。

「私たちは、グランニッシュ帝国を興《おこ》した際、教会であなたとの縁を切っていただいている。焔神《ほむらがみ》と水の神、風の神に誓ったのだ。もう、あなたを父と呼ぶことはないと。そしてあなたは、すでに王ではない。あなたがなんの縁もない私たちの魂を、悪魔に捧げることなどできないのだ」

こうなることがわかっていたのだろう。アントニヌス兄上は毅然とした態度で父上に言い切った。

「っ……く、ハハッ、クハハハハッ」

絶望して俯《うつむ》いたと思った父上が、さらに声を上げて笑い出す。

「お前たちはどうせ、私が悪魔に願ったのは、王や、不老不死になることだとでも思っていたのだろう？　だがな、私の望みはそのようなことではない!!」

「なんだと……？」

「言っただろう。私が願ったのは『神の寵愛を受けるお前たちの魂を、悪魔が喰らうこと』。お前たちの魂を贄《にえ》として捧げたのではない。これが私の願いだ」

その醜《みにく》く歪んだ言葉が、兄上たちの耳に届いたのだと思うと我慢ならなかった。

「父上ぇぇぇ!!　どうして!?　なんでそんなことを願えるんだ!!」

騎士たちに止められなければ、父上の顔を殴っていただろう。

「ああ、アベラルド。愛しい我が子よ。どうしてもなにも、奴らは私たちの敵だろう」

「あんたは……っ、自分がなにを言っているのかわかっているのか!!」

どうかしている。親が、息子の魂を悪魔に喰わせることを願うなんて……！

「もちろんだ。……憎い、憎い。ずーっと憎かったぁ……。でも、やっと……」

涙を流して、それでも笑いながら、父上はオレを見た。

「やっと、始末できる」

「あ゛ぁぁぁぁぁぁぁぁ!!」

これは呪いだ。この男の、汚泥《おでい》のような言葉が、闇が、兄上たちに届かないように、少しでも傷付かないように、オレの耳にも届かないように、大声を上げることでかき消した――

【――どうする？　このままじゃあ、お前の愛する兄上たちは、永遠にいなくなっちまうぜぇ】

突如聞こえた、ねばりつくような気持ちの悪い声に、時が止まったように動けなくなる。

【悪魔が魂を喰らうってことはぁ、消滅するってことじゃあないんだぜぇ。ずっと、ずーっと、苦しみにのたうち回って、その不幸の味を、オレたちは喰らう。わかるか？　輪廻転生《りんねてんしょう》もできない。永遠にオレたち悪魔に囚われたまま、ずーっとだ】

永遠に、兄上たちは苦しみ続ける……

【でも、お前はなんとなぁく、オレに似ている気がするから、条件次第では、愛しい兄上たちを助けてやってもいい】

なんだと？

【そうだなぁ……、これから百回転生を繰り返す兄たちを、お前の手で不幸にすること。そうしたら、お前の愛しい兄上たちの魂は、喰らわないでいてやるよ】

百回の転生……

【ヒヒッ、でもぉ、百回の転生が終わったら、お前の魂は喰らうけどなぁ。……さて、どうする？】

「不幸に、する……」

【なぁに、殺せって言ってるわけじゃねぇよ。不幸を味わわせるだけだ。それだけで、永遠の苦しみから兄上たちを救えるんだ】

兄上たちを、救えるのか……。百回の不幸を味わわせることで……

【契約は絶対だが、お前の魂には戦死した者たち以上の価値がある。なんたって極上の聖者の魂だ】

本当にコイツの言葉を信じられるのだろうか。

【それに、お前の父との契約をオレが破棄すりゃ、生贄《いけにえ》で捧げられた数千の魂も救えるんだぜぇ】

オレ一人の魂で、兄上たちも民たちの魂も、永遠の苦しみから救うことができる。

「そうか……。それなら、『契約』しよう」

『――だめっ、アベル！　やめて……っ』

先の見えない暗闇の中で、ウィルの声が聞こえた。

ごめんな、ウィル。オレはどうしても、兄上たちを助けたい……

【ヒヒヒッ、一足遅かったなぁ、精霊。『契約』は、たった今結ばれた――】

こうしてオレは、あの優しい兄上たちを百回も不幸にする悪魔になったのだ。

「オレは……、オレこそが……悪魔アバドンだ」

SIDE　イーニアス

「アベラルドさま……、あ、あにうえたちを、たすけたくて……っ、ぐすっ、あくまに……」

ししょのおはなしに、なみだがこぼれて、おはなもでてきて、おかおがぐしょぐしょになってしまった。おかおをぬぐおうにも、ハンカチはじじょがもっている。じじょにこえをかけようとしたけど、いつのまにか、いなくなっていた。

どこにいってしまったのだろう？

「はい。優しい、本当に優しい方でした……。けれど、大好きな人を自分の手で、何度も何度も不幸にすることに耐えられなくなったあのお方は、本当の悪魔のような人格を作り上げてしまったのです……」

「ほんとうの、あくま……？」

「人を不幸にして、楽しむ。そんな人格……性格といえばわかりますか？」

「こ、こわいのだ……」

「でも、あの方のことだから、心の奥底ではきっと……血の涙を流しているのでしょう。千五百年間、ずっと……」

そういうししょが、ないているみたいだった。

「ししょよ、なくな。だいじょうぶだ。わたしが、アベラルドさまをたすける！」

「イーニアス殿下が？」

おめめをぱちぱちさせて、わたしをみるししょに、むねをはる。

「わたしには、すっごくつよーい、なかまがたくさんいるのだ！　ちちうえも、ははうえも、いるのだ！　だから、たすける‼」

「っ……ふ、うぅ……っ、イーニアス、でんかぁ……っ」

「うむ。わたしにまかせておけ！」

「あ゙い……っ、あ゙い！」

ししょは、すこしまえのノアのように、「あい」とおへんじをしたあと、すーっときえてしまった。

「イーニアス‼　どこにいるの⁉　イーニアス‼　返事を……っ、返事をして‼」

「レーテ、イーニアスはきっと無事なのだ。朕が捜すから、レーテはここに座って休め……」

あ、ははうえと、ちちうえのこえ！

『デテキタ！　アス、ケッカイカラデテキタ！』

アカも、ちちうえたちと、いっしょにいる。

「ははうえ！　ちちうえ！　アカ！」

「『イーニアス!!』」

『アス！』

なきそうなははうえと、ないてるちちうえに、だきしめられて、よくわからないけど、うれしくなったから、ふたりをぎゅっとして、さっきしょとしたおはなしを、ちちうえたちにもおしえてあげたのだ。

「ちちうえ、ははうえ、わたしは、すくわねばならぬひとが、いるのです！」

◆　◆　◆

『ノア！　ノア！　キンキュー、ミッションナノダ!!』

テオ様が皇城に行く準備でバタバタしている時だ。反対に静まり返ったリビングで、突然アオがノアに語りかけたものだから驚きましたわ。

「なんですの!?」

「アスでんか！」

え!?　イーニアス殿下ですって!?

「大変っ、テオ様！　テオ様ぁ!!」

この時、慌てていたわたくしは、ミランダに呼んできてもらえばいいことも忘れて、テオ様のお名前を叫んでしまった。まさかテオ様が、リビングの扉をぶっ飛ばして駆けつけるとは思ってもみなかったのよ。

「ベル!!　なにがあった!?」

爆発音とともに重厚なリビングの扉が宙に舞い上がる。その様子がスローモーションで見えた。

驚愕と恐怖で時間が止まったように感じたが、ノアのことを思い出し、咄嗟《とっさ》に覆い被さる。

ノアだけは守らないと!!

大きな落下音の中、テオ様の声がわたくしの耳に届き、手を伸ばす。

「テオ様！　助けて……っ」

「ベル!!」

ノアとともに、その逞《たくま》しい腕の中に抱き寄せられる。

テオ様の腕の中は安心するけど——わたくしたちは今、悪魔の襲撃にあっているの!?

「二人とも無事か!?」

「テオ様……っ、突然扉が……ノアッ、怪我はない!?」

腕の中にいるノアを見ると、驚いて目をまん丸にしているものの、怪我はなさそうだ。

「わたち、だいじょぶよ」

「よかった……。テオ様！　気を付けてくださいっ、突然扉が爆発して飛んでいったのです！　もしかしたら悪魔の襲撃かも……!!」

「なに？　いや、あれは私が……。それより、叫び声がしたがなにがあった？」

え？　あの扉をふっ飛ばしたの……、テオ様ですの？

「おとぅさま、アスでんかから、れんりゃくきたのよ」

「イーニアス殿下から？　無事だったか。……まさか、それで私を呼んだのか……？　ベル」

「ぁ、はい。そうですの」

テオ様はわたくしとノアをぎゅうっと抱きしめて、「驚かせないでくれ……」と言ったけれど、わたくしも扉がふっ飛んで驚きましたわ。

「ごめんなさい、テオ様……。わたくし、イーニアス殿下がご無事だったから、早くお伝えしないと！　と、つい気が逸《はや》ってしまいましたの。はしたない真似をいたしましたわ」

「いや、私も気が動転してしまった……。二人が無事ならそれでいい」

「テオ様……」

はぁ……、格好いいですわ。すぐに駆けつけてくれるなんて……っ。それに「二人が無事なら」っておっしゃったわ！　ノアのことも心配なさっていたのね！

『ノア！　ノア！　キコエテイルカ？　キンキュー、ミッションナノダ！』

「アスでんか、きんきゅ、みっしょお、なぁに？」

『ウム！　ジツハサキホド、シショカラ、ダイジナオハナシヲ、キイタノダ』

「ちしょ……？　だいじな、おはなち？」

『ア！　ハハウエガ、イマカラソッチニ、イッテモイイカ、コウシャクニキイテホシイト、イッテイルノダ！』

「おとぅさま、アスでんか、こっちきていい？」

いつの間にかノアと妖精通信でお話を始めていたイーニアス殿下が、公爵邸に来るというではないか。

「構わない。……客用のリビングに移動しよう」

テオ様はご自分が壊した扉をチラリと見たあと、そっと目をそらした。遅れて駆けつけたウォルトが「な……っ、一体なにが……!?」とわなわなしているからだろう。

ウォルト、申し訳ないのだけれど片付けを頼みますわ……

しばらくすると、皇后様とイーニアス殿下だけでなく皇帝陛下までやってきて、途端に賑やかになる。イーニアス殿下はとても元気そうで怪我もないようだ。

安心したけれど、図書館で悪魔の精霊と出会ったのではなかったかしら？

そんなことを考えていたわたくしは、この後、悪魔に関しての衝撃的な事実を知るとは考えもしなかった。

「――悪魔召喚に、アベラルド様が悪魔に堕ちた理由。そして、アントニヌス帝とウェルス様の生まれ変わり……」

もう、一気に明かされた真実で頭がパンクしそうですわ！　アベラルド様の千五百年が重すぎる……っ。

「わたしは、アベラルドさまを、かならずすくうと、ししょとやくそくしたのです！」

拳を握り、ふんっと鼻息の荒いイーニアス殿下は可愛らしいけれど、アベラルド様を悪魔から救い出すのはなかなか骨が折れそうですわね。

「悪魔……、ううん、アベラルド様が動いているということは、アントニヌス帝と、ウェルス様の生まれ変わりが誕生したということよね……」

皇后様が口にしたそれで、突然閃《ひらめ》いてしまったわ!!

「わたくし、それが誰かわかってしまいましたわ！」

「朕も、わかってしまったのだ……っ」

皇帝陛下もおわかりですか！　そうですわよね。あの賢帝と名高いアントニヌス帝とディバイン公爵家を興《おこ》したウェルス様ですもの。生まれ変わりはもちろん……

「それは、朕とディバイン公爵ではないか？」

はい？

「ちちうえと、ディバインこうしゃくが、アントニヌスていと、ウェルスさまの、うまれかわりだったのですね！」

「ネロおじさま、おとぅさま、しゅごいのね！　……しゅごいの？」

「よくわからないのだ。でも、なんとなくすごいきがする！」

「しゅごいき、しゅる！」

子供たちの曇りのない目を見て、なにも言えなくなったが――

「ないない。百歩譲って……譲らなくてもテオ様はわかるけど、アンタは絶対違うから」

「レーテ!?」

皇后様の正直さが、皇帝陛下の心にクリティカルヒットした。

「イザベル様、この人の戯言《ざれごと》は聞かなくていいわ。あなたの考えを聞かせてくれる？」

「レーテ!?」

え、いいのかしら？

テオ様を見ると、真面目な顔で頷くものだから、ではと皆に向き直る。

「わたくしの考えは……」

口を開いた瞬間、可愛い子供たちと目が合い、そのまま固まった。

子供たちにこの話は、しない方がいいわよね。

そんなわたくしの考えとは裏腹に、子供たちはなにを話すのかとキラキラした目を向けてくる。

「あの……、子供たちにはあまり聞かせたくないと言いますか……」

「あら、そういうこと。大丈夫よ。アタシはその言葉で誰なのかわかったわ」

「私もだ」

「え⁉　朕は……、朕は、わか……らぬ！」

よかった。わかっていただけたのね。アントニヌス帝と、ウェルス様の生まれ変わりは、イーニアス殿下とノアだということを。

「朕はわからぬのだが……。あの、ディバイン公爵夫人？　聞いているか……？」

ここにいる方々は皆様察しがいいので、わたくしがなにも言わなくとも、おわかりくださるようだった。

「朕はわかっておらぬぞ⁉」

皇后様は子供たちを見ながら膝の上でなにかに耐えるように両拳を握っていたが、やがて「イーニアス、図書館であった出来事はそれで終わりかしら？」と優しく微笑んで問いかけた。

「無視か⁉　朕は無視されておるのか⁉」

イーニアス殿下は皇后様の問いかけにうーんと考えたあと、ハッとしたような表情になる。

「ししょは、おはなしがおわると、すーっときえたのです‼」

「ちしょ、きえた⁉」

イーニアス殿下の話に、ノアが驚いて声を上げているところが可愛い。

司書を「ちしょ」って言うところも、我が息子ながら可愛すぎますわ！

一人で我が子にキュンキュンしていると突然、ポポンッ、と花が飛び出るマジックのように妖精が目の前に現れて、心臓が口から飛び出しそうになった。

『精霊や妖精が人間の前に姿を現すのは、結構大変なことなのさ！』

『セーヨーセート、アカアオ、ヨーセーノタマゴタチ、チカラアワセテヤット！』

『ソレモ、ココロキレイナ、ニンゲンノマエダケ‼』

『ベルやテオはボクらと波長が合ったから見ることもできるけど、妖精も精霊も、個々で波長が違うからね。ボクらと、ベルとテオは運命の出会いをしたってわけさ！』

『ウンメー！』

『アカイイトデ、ムスバレタ‼』

妖精たちの言葉にテオ様はすごく嫌そうな顔をしているけれど、キノコ妖精たちは気にせずテオ様の肩に乗って遊んでいる。いや、気にしていないというよりは、からかっているのかもしれない。

『それに、悪魔の精霊はどうやら力が弱まっているみたいだ』

『ナンデダロー！』

『シンパイ‼』

『力を使いすぎているみたい。なにに使ったのかはわからないけど、多分もうすぐ消滅するよ』

『ヨワヨワ！』

『アスニ、スガタミセテ、ツカレタ‼』

なんてこと……っ。

「ししょは、わたしにすがたをみせたから、きえたのか⁉」

『アスのせいじゃないよ。元々力を使いすぎて弱っていたんだ。それに、まだ存在しているから大丈夫さ！』

『アス、セーレイノハナシ、キイテクレテアリガトー！』

『アスノオカゲ、セーレイヨロコンデル!!』

落ち込んでいるイーニアス殿下を、妖精たちが珍しく慰《なぐさ》めている。殿下の髪を揺らしたり、肩で跳ねたりしているキノコ妖精たちが微笑ましい。

「アスでんか、ちしょ、よろこんでりゅって。だから、おちこにゃにゃ、ないで？」

「……うむ。わたしは、かいぞくのおうさまに、なるのだしな！　それに、アベラルドさまをたすけて、おそらにうかぶ、おしろで、じゅもんをとなえる！」

「ほりょびの、じゅもん!!」

こらこらお子様たち。その呪文は唱えてはダメなやつよ。……まったく。新作絵本の影響力はすごいわね。

息子たちが新作絵本の話に夢中になり出したので、好機だと思い、カミラとミランダに子供たちを連れ出すよう目配せする。

「ノア様、そういえば、イーニアス殿下にお見せしたいとおっしゃっていたおもちゃがございましたよね！」

「そぉよ！　アスでんか、おみせしたいもの、あるのよ！」

「みたいのだ！」

上手よ、カミラ！

部屋から出ていった子供たちに安堵し、残った大人たちに向き直った。

「皆様が考えていらっしゃるとおり、アントニヌス帝の生まれ変わりはイーニアス殿下、そしてウェルス様はノアで間違いないと思いますわ」

「な、なんだって⁉　朕のイーニアスが、初代の生まれ変わり⁉　あんなに可愛いイーニアスとノアが、陰謀《いんぼう》詭計《きけい》が蔓延《はびこ》る皇城に生涯を捧げていそうな初代と、権謀術数《けんぼうじゅっすう》をめぐらせていそうなウェルス様の生まれ変わり⁉」

皇帝陛下、それ悪口ですわよ。

「イザベル様、どうして断言できるのか聞いてもいいかしら？」

皇后様に問われ、わたくしも図書館で精霊に出会ったこと、そして乳母の日記を見たことを話した。

「その日記に書かれていた、アントニヌス帝とウェルス様の誕生日がイーニアス殿下とノアの誕生日と一致すること、そして、外見の特徴が一致すること、悪魔がイーニアス殿下を執拗《しつよう》に狙っていることから、そのように判断いたしましたの」

そして、マンガ『氷雪の英雄と聖光の宝玉』の内容……前前世のわたくしの人生から考察した結果、間違いないと思ったのですわ。

「そういうことなの……、やっぱり、イーニアスが……っ」

「レーテ……」

『これで全てが終わる』

前前世の人生で、悪魔はわたくしにそう言ったことがあった。

今回の百回の転生の話を聞いた時、もしかしたらイーニアス殿下とノアが、アントニヌス帝とウェルス様の百回目の転生だったのではないかと思い至ったのだ。

「転生がどういった間隔で起こっているのかはわかりませんが、千五百年も経てば、そろそろ百回目の転生であってもおかしくはありませんわよね……」

「可能性はあるだろう」

わたくしの呟きを拾ったテオ様が、同意を示す。

「悪魔とアベラルド様が結んだ契約の内容は、アントニヌス帝とウェルス様の魂が百回転生し、そのどれもを不幸にするというものでしたわよね？」

「イーニアス殿下の話では、そうだな」

「……その契約は、どこまで信じられるのでしょうか」

イーニアス殿下の話を聞いた時からずっと、喉に引っかかった小骨のように存在していた不快感。

「どういうことだ」

「悪魔は一度、契約を勝手に破棄しておりますでしょう？　アントニヌス帝のお父様との契約を」

「そう言われてみればそうね」

皇后様が大きく見開いた目を隣の皇帝陛下に向ける。皇帝陛下も口を開けっ放しにして皇后様と顔を見合わせた。

「そこからたとえば、ちょっと大胆な考察をするのですけれど……、契約自体、実は悪魔にとってはなんの制約もないものだとしたら……?」

契約を結んでもなんの縛りも発生せず、好き勝手に破棄できるものだとしたら……

そうなれば、悪魔にしか利のない詐欺契約ということになる。アベラルド様が悪魔に騙《だま》されている可能性が出てくるのだ。

「それはないわ」

第五章　制約

「それはない」と断言した皇后様に、その場にいた全員が視線を向ける。

皇后様はなにかご存知なのかしら？

「ほら、アタシは悪魔のことで聖女や教会を調べていたじゃない」

そういえば、この方はとても行動力のある女性でしたわ。

「レーテ⁉　朕に内緒でそのような危険なことをしていたのか⁉」

確か、皇后様が調べてくださったので黒蝶花《こくちょうか》ができた経緯がわかったのでしたよね。

皇帝陛下は愛する奥様が悪魔に目をつけられそうなことをしたと聞いて、肝が冷えたのではないかしら。だって洗脳されている時ですら、皇后様を守ろうとしていたのですもの。

「あのあとも気になって調査を続けていたのだけど、帝都にある教会で、悪魔召喚と契約について記された、古い文献を見つけたのよ」

「そんな文献がありましたの⁉」

「多分、アントニヌス帝のお父上であるマルクス様は、こちらの文献をもとに悪魔召喚をしたんじゃないかしら」

悪魔との契約に関する文献……

「先程わたくしの話を否定していらっしゃいましたが……それはそこに、契約をすると悪魔にも制約が発生する旨が書かれていたからですか？」

「そのとおりよ。悪魔は互いの『同意』と『願い』、そして『生贄《いけにえ》』を与えられた瞬間、契約に縛られるのよ。マルクス様との契約を破棄できたのは、悪魔自身がその契約に同意していなかったからだと思うわ」

悪魔の同意……。イーニアス殿下の話では、アベラルド様は悪魔から契約を持ちかけられていますものね。アベラルド様も納得なさっていたようなので、互いの『同意』はありますわ。願いは兄二人の魂を悪魔に喰わせないこと、よね。あと必要なものは『生贄《いけにえ》』だけど……、これは転生を繰り返す兄たちの魂を百回不幸にすることと、アベラルド様の魂を喰わせることが当てはまりますわ。つまり契約の条件全てが揃っているから、悪魔は制約を受けることになる……

「皇后様、悪魔はどのような制約を受けるのでしょうか？」

「悪魔が受ける制約は、契約を破ると消滅する、というもののようよ」

「消滅……その場合、契約した人間はどうなるのですか？」

「悪魔が契約を破った場合の罰則だから、契約者にはなにもないと……いえ、契約破棄にはなるかしら。悪魔は消滅してしまうわけだし」

「捧げた生贄《いけにえ》はどうなるのでしょう？」

「すでに捧げてしまっていれば、戻ってくることはないでしょうね……」

ということは、捧げていないものについては白紙になるのかしら？

「イザベル様、もしかして、悪魔を倒す方法を思いついたの？」

「そうなのか!? ディバイン公爵夫人！」

右手の親指と人差し指で顎《あご》を掴むような動作をしていると、皇后様と皇帝陛下が期待した目で見てくるではないか。しかし、そんなにすぐ悪魔対策を思いつくはずもない。

「残念ながら、そのように都合のいい方法は思いつきませんわ」

「そうよね……」

「そうなのか……」

まぁ、お二人でシュンとしたお顔をなさって……、似た者夫婦ですわね。けれど、イーニアス殿下は、いえ、ノアも悪魔に狙われていますもの。可愛い我が子を不幸にしたい親はいませんわ。わたくしだって、前前世のようにノアを不幸にさせる気はありませんのよ！

「そういえば、妖精たちは千五百年以上生きているって、以前話しておりましたわよね」

『うん。ボクらはすっごく長生きなのさ！』

「では、そんなあなたたちに聞きたいのだけれど、アントニヌス帝とウェルス様の魂が何度生まれ変わっているか、正確にわかるかしら？」

『いくら長生きだからって、ボクらはアントニヌスやウェルスと知り合いだったわけでも、実際会ったことがあるわけでもないんだけど……』

そ、そうですわよね。いくら同じ時代を過ごしていても、そう都合よく知り合いではありませんわよね……

妖精を困らせてしまい、申し訳なくなる。

『うーん……あっ！　それこそ、悪魔と契約している精霊に話を聞けばわかるかもしれない』

わたくしが落ち込んでいると、正妖精が、そうだ！　とアイデアを出してくれた。

『だけど、力が弱まっているから早く聞いた方がいいかもしれないね』

『イソグー！』

『ハヤクー!!』

早くと言われましても、どこにいるのかわかりませんわ！

「その精霊は、まだ図書館にいるのか」

テオ様の問いかけに、妖精たちが慌てて皇城の妖精と連絡を取り始める。そして——

『もういないよ。気配が感じられないって、皇城にいる妖精が言ってる』

『トショカン、セーレイト、アクマノニオイ、スコシシタ！』

『セーレイ、アクマノソバ、イル!!』

悪魔のそばって……まさか隣国？

「ベル、おそらくリッシュグルス国にはもういないだろう」

顔に出ていたのか、テオ様がわたくしの疑問に答える。

「どうしてそのように思われますの？」

「ユニヴァ王子が帰る前、信頼の置ける者に伝書鳩を飛ばし、第一王子の医師として雇われた者を秘密裏に調査してもらった。しかし、すでに姿はなかったと報告を貰っている」

テオ様ったら、そんなことをしておりましたのね。

「そうですの……。隣国にいないとなると……」

アベラルド様は、イーニアス殿下とノアを不幸にすることが目的なのよね。隣国に行っていた目的はおそらく、戦争を引き起こすこと。前前世でリッシュグルス国と戦争になったのだから、間違いないわ。だけど、ジェラルド王太子の毒をわたくしたちが解毒したことで、戦争を引き起こすことはできないと気付いたのよ。だから隣国から姿を消したのだわ。

となると、アベラルド様の目的を考えるに、グランニッシュ帝国に帰ってきている可能性が高い――

◆◆◆

「イザベル・ドーラ・ディバイン……。あの女だ。オレの計画が台無しになる時には、ディバイン公爵夫人が必ずと言っていいほど関わっている……」

【あと少しだぜぇ。気の遠くなるような時間の中で、やっと『最後の一回』に漕《こ》ぎつけたっていうのに、たった一人の女に邪魔されていいのかぁ？】

「……邪魔はさせねぇ。イザベル・ドーラ・ディバイン、奴を排除する」

◆　◆　◆

「アタシたちはこれで失礼するわね」

話し合いを一旦終わらせ、皆様をお見送りする。

「ディバイン公爵夫人の言うとおり、イーニアスは朕のそばから離さぬようにする！　イーニアス、今日からは朕の部屋で暮らすのだぞ」

アベラルド様の目的がイーニアス殿下とノアだということを知った皇帝陛下は、今日からイーニアス殿下の部屋を自身の宮に移すらしい。

「ちちうえのへやに、おひっこしするのですか？」

「そうなのだ。レーテも常に一緒なのだぞ。執務も、イーニアスを膝に乗せてするのだ！」

「ははうえもずっといっしょ！」

イーニアス殿下はご両親と一緒にいられるとあって、とても嬉しそうだ。

「アンタが執務の時は、イーニアスはお勉強の時間よ」

「そんな！　イーニアスを抱っこしながら仕事をしたいのだ！」

なんだか楽しそうな皇帝一家にほのぼのしてしまいますわ。

「ベルはノアとともに領地にいてくれ。私とウォルトは陛下たちと皇城に行ってくる。妖精の守りに加え、腕利きの騎士たちもこの邸《やしき》を守っているが、なにかあればすぐに知らせてくれ。明日には帰ってくる」

明日には帰ってくるって、皇城と公爵領は馬車で四日かかりますわよ――と、ツッコみたいところだけれど、テオ様の後ろでニマニマしている皇后様が目に入り、口を噤《つぐ》んだ。「テオ様のためなら、能力の使用を惜しまないわよ！」と言わんばかりの笑顔が眩《まぶ》しすぎる。

テオ様、皇后様の能力を活用しまくっていますわね。タクシーじゃありませんのでほどほどに……。皇后様、後ろを見て。皇帝陛下がハンカチを噛んでいますわよ。

「テオ様、わたくしは大丈夫ですわ。アベラルド様は、ウェルス様よりアントニヌス帝に執着なさっている傾向がありますので、イーニアス殿下をどうかお守りくださいませ」

「……明日の朝には帰ってくる」

テオ様は心配性ですわね。

「お待ちしておりますわ。いってらっしゃいませ」

「いってくる」

「キャー！　あのテオ様が!!」

唇にキスをされ、呆然としている間に、テオ様はハイテンションな皇后様たちとともに消えてしまった。しばらくその場に立ち尽くしていたが、ドレスが引っ張られていることに気付き足元を見る。

「おかぁさま、わたちも、ちゅ！」

愛らしい息子の可愛いおねだりに、ついそのぷにぷにマシュマロほっぺにチュッとしてしまった。虫が光に引き寄せられるように、抗《あらが》えない力が息子のほっぺにはあるのだ。

これがきっかけで、我が家の挨拶がキスに変わっていくことになるのだが、その過程で父と子の大喧嘩が勃発《ぼっぱつ》しようなどとは、この時のわたくしは予想もしていなかった。

「ミランダさん、旦那様とノア様の戦いが火蓋を切ったようです！」

「……そのようですね」

「ノア様、頑張ってくださーい！」

どうやら、わたくしだけが予想できていなかったらしい……

◆　◆　◆

道路や河川が整備され、区画ごとに整えられた土地。馬車道と歩道の境には街路樹が植えられ、安全性が格段に向上している。

噴水がある広場のマルシェは、色とりどりの出店が所狭しと並んでいた。ここは、公爵夫人にお
しゃれで可愛いと言わしめた人気スポットらしい。

今やグランニッシュ帝国屈指の観光都市でもあるディバイン公爵領都は、一生に一度は訪れたい
場所とも言われている。そのうえ、女性や子供の一人歩きさえ可能な治安のよさで、街には行き交
う人々の笑顔と活気が溢《あふ》れていた。

【いやぁな街だ……。見てみろ、人々が笑顔で歩いてやがる。やだやだ。ゾッとするねぇ】

「……」

【ディバイン公爵の邸《やしき》はここからすぐだろぉ。早く行けよ】

「まだだ。日が落ちたら忍び込む」

【へいへい。好きにしな】

「そこのピンクの髪のお兄さん！　安いよ、安いよ～!!　このジャガイモ、立派だろう！」

「ウチも安いよー！」

「お兄さん、観光かい？　それならカレー専門店に行ってみるといいよ！　この街の代表料理さ！」

「領主様も大好きな料理だよ！　おっと、カレーパンも忘れちゃなんねぇ！」

「行くならやっぱり『おもちゃの宝箱』だろ！　なんたって本店だ!!」

「夜にはこの街の街路樹がライトアップされて、そりゃあ綺麗なんだよ！」

「……」

【ケッ、うっぜぇ奴らだなぁ。早くこんなところ立ち去ろうぜぇ】

◆　◆　◆

テオ様とウォルトが皇帝一家と帝都に行ってしまい、静けさが戻った応接間で、わたくしは一人座って悪魔のことを考えていた。

アベラルド様は今、前前世の時よりも前倒しで事件を起こしている。それらをわたくしたちがことごとく阻止している状態ですわ。ならばきっと、焦っているはず……。なにかアクションを起こすとしたら、焦っている時と相場は決まっておりますわ。近々なにかが起こる予感がしますの。それとわたくし、一つ、悪魔の契約で気になる箇所を見つけてしまったのよね。

「奥様、邸《やしき》の中であってもお一人にはならないよう、お願いいたします」

「あら、ミランダ。わたくしは狙われておりませんのよ？　アベラルド様の狙いは、イーニアス殿下とノアですもの。だから、あなたたちはノアを守ってちょうだい」

「もちろんノア様にも、護衛が付いておりますのでご安心ください。しかし、アベラルド様の狙いは、ノア様方を不幸にすることです。もし、奥様になにかあれば、ノア様は不幸になってしまわれます」

「ミランダは、わたくしが狙われると思っているの？」

「そういう可能性もあるということでございます」

ミランダの言うことにも一理あるけれど、それならわたくしよりも皇帝陛下や皇后様の方が狙われると思うのよ。

だが、ミランダは心配そうにわたくしを見ているではないか。

これは……、気を付けなくてはダメね。

「そうね。必ず護衛をそばに置くようにしますわ」

「そのようにお願いいたします」

窓の外を見ると、空が赤と紫のグラデーションに染まっていた。星もチラホラ見えている。

もう日が落ちたのね。時間が経つのは速いわ。

SIDE　皇帝ネロウディアス

「イーニアス、朕が絵本を読んであげよう！　どれがいいだろうか」

イーニアスの部屋にあったたくさんの絵本を朕の寝室に持ってきて、いそいそと選ぶ。

これは新作か！　なかなか楽しそうな本なのだ。

「ネロ、寝る前に絵本なんて読んだら、興奮して寝つけなくなるでしょう。前にもそれをやって、イーニアスが夜中まで起きていたのを覚えてないの？」

悪魔に狙われているものの、イーニアスを朕の宮に移動させ、夜は一緒に眠るという天国のような生活が始まり、毎日が幸せだ。しかも、レーテまで一緒に寝てくれるので、嬉しさが天元突破なのだ。

そんなほわほわした気持ちで絵本を漁《あさ》っていたら、レーテに注意されてしまった。

そういえば、リッシュグルス国のジェラルド王太子は絵本が大好きなのだと言っていたのだ。

あのふっくらとした、陽だまりのような雰囲気の王太子を、ふと思い出す。

「ちちうえ、えほんはあしたよんでください」

布団をかぶって眠る準備万端のイーニアスは、可愛い声でそう言って、天使のように微笑む。

「レーテ、イーニアスが可愛いのだ！」

「当たり前でしょ。アタシの子だもの」

聖母のように優しい瞳をして、我が子を見つめるレーテも可愛いのだぞ。

「あっ、ちちうえ！　あれ、あれ……っ、おそらにうかぶ、おしろのもけい!!」

イーニアスが壁際にある棚の上に飾られた組立式模型に気付き、飛び起きた。

「ぬ？　あれか。あれは未完成なのだが、なかなか様《さま》になっているのでな。飾っているのだ」

「すごい！　ちちうえが、つくったのですか!?」

「うむ。空飛ぶお城はロマンがあるのだ！」

「わたしのおふねも、とってもかっこよかったですが、おそらにうかぶおしろも、すごくかっこいいです！」

「うむ。そうであろう！」

模型を見てキャッキャとはしゃぐ愛息子に、デレデレしていると——

「二人とも！　いい加減寝なさい‼」

レーテに怒られたのだ。

イーニアスと二人、顔を見合わせ慌てて布団に潜《もぐ》り込む。朕にすり寄ってくるイーニアスが可愛くて、可愛くて、ぎゅっと抱きしめて頭を撫でてやったのだ。

「……ネロだけずるいわ」

「うむ。レーテも来るのだ」

愛する妻と息子を抱きしめて眠った、幸せな夜だった。

明日も幸せな夜が来るに違いないのだ。

◆◆◆

「今日の夕食は、ノアの大好きなくまさんのオムライスですわ！」

「しゅごーい！　くまさん、だーいしゅき！」

チキンライスがくまさんの形で、トロトロ卵が布団になっている可愛い仕様のオムライスがノアの前に出された。シェフが頑張ってくれたらしい。

ノアはすごい、すごいと大騒ぎで、食堂の壁際に控えた使用人がその可愛さに悶《もだ》えている。

ちなみにわたくしの前には、ドレス・ド・オムライスが出されていた。

腕を上げましたわね。シェフ。

「よかったわね。ノア」

「はい！　おかぁさま、あーん」

「まぁっ、食べさせてくれますの⁉」

マナーとしてはダメなのだけど、あまりにも可愛いのでいただきますわ！

「あーん。……美味しいですわ！　ノアもあーん」

「あーん。おいちぃ！」

「フフッ、美味しいですわね」

食べさせあいっこして幸せを感じながら夕飯を終えた。

お風呂も入って、あとはノアと一緒に眠るだけ。先に布団に潜《もぐ》り込んでニコニコしているノアに、久々に絵本でも読んであげようかしら、と選んでいる時だ。寝室の明かりが消え、窓がキィ……と不気味な音を立て、勝手に開いたではないか！

な、なに⁉　も、も、もしかして、幽霊とか出てくるんじゃ……っ。

「ノア……っ」

布団ごとノアを抱きしめ、恐ろしさに身をすくめる。

「おかぁさま……おへや、まっくらね」

「そそそ、そうね。真っ暗……っ、だ、だれか！」

護衛が部屋の外にいるはずだ。大声で叫ぶが、なんだか声がくぐもっている気がする。いつもはもっと反響するのに……。それに、助けが来ないなんて変だ。

「おしょと、おと、きこえないの」

「え？」

ノアの言葉に耳を澄ませると、確かに風の音も虫の鳴き声もしない。窓が開いているというのに。なにかがおかしい。

【こっちに来い――】

その時、暗闇の中だというのに影が揺らいだ気がした。さらに何者かの声が耳をかすめる。

なんだか急に開きっぱなしの窓が気になり出す。

「おかしいわね……鍵をかけたはずだけど？」

「おかぁさま？」

【こっちだ……】

ベッドサイドのチェアから立ち上がり、開いた窓を閉めに行こうと歩き出す。

「おかぁさま、だめよっ、いっちゃ、めっ！」

「え？」

バサッ――

風で、カーテンが大きく揺れた。途端、ハッとして我に返る。

「……イザベル・ドーラ・ディバインだな」

「っ⁉」

わたくしの後ろから声がしたかと思うと、振り向く間も与えられずあっという間に拘束されてしまったのよ！

なにが起きたの⁉

床に転がされる。見上げると、声の主の顔が視界に飛び込んできた。

ピンクブロンドの髪に、琥珀色の瞳を持つ男……

「……ダスキール公爵……っ」

いえ、ダスキール公爵の身体を乗っ取った、アベラルド様……？

「おかぁさま！」

「ノアっ、来てはダメ！」

ベッドの上で足をもつれさせ転ぶノアに叫ぶ。

「お前は、排除する」

え、わたくし殺されるの……？

拘束された身体では逃げることもできない。

近付いてくる手に恐怖を感じ、息がうまく吸えなかった。

護衛は扉の前にいるはずよね⁉　どうして誰も来ないの？　ノアもわたくしも、大きな声を出しているのに。まさかなにかあったんじゃ……っ。

【護衛なら眠っているぜぇ。それに、遮音魔法も張ってるから、叫んでも無駄ぁ】

ゾッとするような気色悪い声だ。今のはダスキール公爵のものではなかった……っ。

「いやぁ！　おかぁさま!!　おかぁさま!!」

ノアが悲鳴を上げる。動かない身体を無理矢理捻《ひね》って振り向くと、ノアに黒い靄《もや》のようなものが纏《まと》わりついているではないか！

「ノアには手を出さないで!!」

『悪魔』だ。咄嗟《とっさ》にそう思った。

あの気持ち悪い声の主が、ノアに纏《まと》わりついているあれが、本当の悪魔……アバドンだわ。なら、やっぱりダスキール公爵の身体に入っている魂が、アベラルド様……？

「排除するのはお前だけだ。お前さえいなけりゃ、アイツは不幸になる」

「アベラルド様。あなた、アベラルド様ですわよね」

名を呼んだ時、瞳が揺れたのを見逃さなかった。見た目はダスキール公爵ですけれど、間違いなくアベラルド様ですわ。

「……オレはアバドンだ」

「ではアバドン、あなたが悪魔と契約した内容をお伺いしてもよろしくて」

「なんでそんなことをお前に言わなくちゃならねぇんだ」

「ノアとイーニアス殿下と、あなたを救う方法が見つかるかもしれないからですわ!!」

ノア……っ。

息子に纏《まと》わりついている靄《もや》は見るからに禍々《まがまが》しい。ノアはわたくしに助けを求めて手を伸ばしている。

わたくしがノアを助けなきゃ！

どうしたらあの子を助けられるのか、なにかないかと周囲を探る。廊下に続く扉はわたくしの頭側に位置し、アベラルド様はわたくしの足側に立っている。

護衛が扉の前で眠っているなら、ミランダが異変に気付くかもしれないわ。

ミランダ……っ、ミランダには今、ノアのお気に入りのぬいぐるみを取りに行ってもらっている。

現状、なにもできないわたくしではノアを助けることは不可能だ。それなら――

ミランダが来るまで時間を稼がないと……っ。

「だから契約内容を……、一言一句間違えず正確に教えてくださいませ！」

「っ……今の状況ですら手も足も出ないお前に、救えるはずねぇだろうが!!」

「そんなこと、やってみなければわかりませんわ！」

「なんでそんな……っ」

【クハハハッ、アベラルド、教えてやれよぉ。救いなんかないってなぁ】

ざらっとする、不快ななにかに触れられたような感覚。声を聞いただけで鳥肌が立つ。

【そうして絶望を味わうといい。絶望はオレの大好物だ！】

まぁっ、あの幽霊みたいな悪魔にこそ、絶望をプレゼントしますわよ！

「チッ、『これから百回転生を繰り返す兄たちを、お前の手で不幸にすること。そうしたら、お前の愛しい兄上たちの魂は喰わないでいてやるよ。でも、百回の転生が終わったら、お前の魂は喰らうけどなぁ』……そう、あそこにいる悪魔に言われたんだよ」

これでいいかよ、と悪態をつくアベラルド様。それでも根が素直なのか、教えてくれるところが聖者っぽい。そして、やっぱりあの黒い靄《もや》のようなものが悪魔ですのね。

「ありがとう存じますわ。ところで、『今』は何回目ですの？」

「あ？　……百回目だ。これで、最後なんだ……やっと。だから、邪魔するんじゃねぇ！」

「そうですの」

予想どおりの回数だけれど、アベラルド様は悪魔の影響を強く受けているわ。回数を正確に数えられているか不安ですわよね……やはり、精霊にも話を聞きたいわ。

「これは……っ、奥様！　ご無事ですか⁉」

その時、部屋の扉が開いてミランダが飛び込んできた。その手には、短剣が握られている。

ミランダってやっぱり忍者よね⁉　絶対そうですわよね⁉

「ミランダ！　ノアをお願いっ」

「奥様⁉」

床に転がっているわたくしを見て、次いで瞬時に周りに目を向け状況を理解したミランダは、ベッドにいるノアへ駆け寄る。

「おかぁさま！」

「ノア様……っ、くっ、この黒い靄《もや》は一体……⁉」

ノアに纏《まと》わりつく黒靄《くろもや》をミランダが払おうとするが、なかなかうまくいかない。

でもあの黒靄《くろもや》、ノアの動きを止めているだけで傷つけたりはしていないみたい。もしかして悪魔は……

「みりゃんだ！　おかぁさまを、たしゅけて……っ」

なんてこと！　ノアはわたくしに助けを求めていたのではなく、わたくしを助けようとしていたのね……。ノア……、ノア……っ、ああ、わたくしはきっと、この優しい子の魂を救うために、もう一度イザベルの人生を歩んでいるのだわ。

「アベラルド様、いつもあなたに寄り添っている精霊はどちらにいらっしゃるの？」

「あ？」

「ウィル……という名でしたかしら」

「っ……なんでお前がそんなことを知って……」

【あの精霊かぁ。オレがコイツに憑《つ》いてからも、近くをうろちょろしてやがったなぁ。まぁ、オレの影響か弱っちまって、今じゃ死にかけだぜぇ】

悪魔の言葉に、アベラルド様は唇を噛んでいる。

「それで、精霊ウィルはどこにいますの？」

【ククッ、近くにゃいるだろうが、知らねぇなぁ】

「……そう、ですの」

悪魔ですら、居場所がわかりませんのね……

「もういいだろう。お前は排除する。お前の存在は、オレのこれまでを水の泡にしかねない……っ」

「あなたに、本当にそんなことができますの……？」

「なに……？」

「あなたは自分が悪魔の人格を作り上げたと思っているでしょうが、それは違いますわよ。あなたは、アベラルドという、優しい人間でしかありませんわ！」

この言葉に、アベラルド様の顔色が変わった。次の瞬間、拘束されていたわたくしの身体が黒い靄《もや》によって持ち上げられ、壁に叩きつけられる。

「カハ……ッ」

一瞬息ができなくなり、遅れて背中に激痛が走った。

「っ……」

いっっっったぁーーーい!!

「オレは、アバドンだ……っ」

「ぅ……っ、ハァ……、あなた、自分がアベラルドとして、お兄様の魂を……ぐっ、不幸にすることに、耐えられなかったのね……っ、けれど、どんなに別人格を作っても……、根本は変わらないのよ！」

「黙れ！　オレは、悪魔だ……っ」

アベラルド様が、また黒い靄《もや》をわたくしに近付けたその時だ。

「おかぁさま……っ、おかぁさまに……っ、ちかじゅくなあァァ!!」

「ノア様!!」

ノアの叫び声とともに寝室が光に包まれた。次の瞬間、一気に冷気が部屋に……いえ、ディバイン公爵邸に広がったのだ。

ノアが本気で怒った声を出したのを初めて聞いたわ……

「ノ、ア……っ」

一体なにが起きたの……？　ノアとミランダは無事ですの!?

身体の痛みに耐えながら顔を上げる。

ノアはベッドの上に立ち、足元にはミランダが倒れているではないか！

【なんだ……⁉　この巨大な魔力は……っ、オレの身体が……凍っていくだと⁉】

「魔力の暴走……⁉　くそっ、ウェルスの魔力は桁違《けたちが》いだ！　このままじゃ全員……氷漬けになっちまうぞ‼」

悪魔とアベラルド様の話が耳に届き、青褪《あおざ》める。

魔力の暴走⁉　嘘でしょう？　ノアはまだ祝福の儀もしていないのに、どうしてそんなことが……！

「ノア……っ、落ち着いて……。魔力をコントロールする方法、あなたが一番よく知っているでしょう？」

ノアに話しかけるが聞こえていないのか、魔力が見えるくらい勢いよく流れている。

ダメだわ……！　このままじゃ、この邸《やしき》ごと吹き飛ぶかも……っ。

冷や汗が滝のように流れていた時だった。

『ベル！　お待たせ‼　なんとか〝捕まえた〟よ！　ってなに、この状況⁉』

『ノア、マリョクボーソー！』

『キケン、キケン‼』

ちょうど妖精たちが現れたのだ！

「妖精たち！　ミランダに危険が及ばないよう結界のようなものを張れるかしら⁉」

『大丈夫だけど、ベルはなんで倒れているの⁉』

『テオニ、オコラレル！』

『テオ、ブチギレ‼』

「いいから早く！」

妖精たちにミランダたちを頼み、ついでに黒い靄《もや》で拘束されている手足を解いてもらう。黒靄《くろもや》が消えるやいなや、ノアに駆け寄り抱きしめた。ノアに触れたところが凍りついていくが、かまっていられない。

「ノア……っ、お母様が傷付けられて怖かったのね！」

「おかぁ……さま……」

「お母様は大丈夫よ。ここにいますわ――」

意識はあるようだが、茫然自失状態のノアに、優しく語りかける。

「さぁ、ノア。イーニアス殿下の祝福の儀の時のように、お母様と一緒に魔力コントロールをしてみましょう……」

「はい……」

わたくしの声が届いたのか、ノアは頷くと目を閉じて心を落ち着かせ、小さなおててで自分のお腹を触った。

おへそが温かくなっているのかしら。

「そう。上手く抑え込めているわ……」

魔力が、徐々に消えていく。

大丈夫。これで魔力暴走はしないわ……

「おかぁさま、できた……っ」

「ノア、よく頑張ったわね……」

ノアはニコッと笑うと、そのまま気絶してしまった。

魔力を一気に放出したからだわ。イーニアス殿下の時と同じね……

ノアに怪我はないようだし、妖精たちの結界でミランダも無事のようだ。

「よかった……」

『よくないよ！　ベルの身体が……っ』

『コオッテル！』

『キケン!!　カイトウスル!!』

「っ……ぅ」

気を失っていたミランダが目を覚ます。

「ミランダ……、よかった……、ノアを、お願い……」

「ぇ……、お、奥様……!?」

妖精たちとミランダの声が、だんだんと遠ざかっていく。

ダメよ。このまま倒れたら、わたくしを傷付けたとノアが悲しんでしまいますわ……っ。それにテオ様も……

「……テオ様に……、怪我のこと、伝えない、で……」

『なに言っているの⁉』

『ムリ！　テオブチギレ！』

『テオ、オサエラレナイ‼　ベル、シナナイデ‼』

ちょっとアオ、死なないわよ⁉

「退《ど》け……。この女は連れていく」

アベラルド様が、こちらへ近づいてくる。

倒れたノアをぎゅっと抱きしめると、凍った腕がパキッとヒビ割れた。

『ダメに決まってるよ！　ベルは渡さない‼』

『ベル、マモル！』

『クルナ‼　ベル、ワタサナイ‼』

「奥様もノア様も、私がお守りいたします！」

妖精たちとミランダが、アベラルド様とわたくしたちの間に立ちふさがるが——

「退《ど》け」

黒い靄《もや》にあっという間に拘束されてしまったのだ。

「考えが変わった。お前は一緒に来てもらうぜ……」

何故アベラルド様が考えを変えたのかはわからないけれど、ちょっと待って。悪魔とイザベルの組み合わせって……、前前世を思い出すのだけど⁉

黒い靄《もや》がわたくしの身体を繭《まゆ》のように覆っていく。

逃げられないわ……

最後に見たノアの寝顔を脳裏に焼き付ける。ノアから手が離れると同時に、わたくしの意識は途切れたのだった。

「奥様ァァ‼」

SIDE　テオバルド

皇城に来たものの、領地に置いてきた妻子が気になって仕方がない。こんなことならば、連れてくるべきだったか……。今頃は眠りに就いたころだろう。などと考え、集中できないでいた時だった。

『テオ！　どうしようっ、ベルが‼』

『ベル、サラワレタ！』

『ボロボロニナッテタ!!』

皇城の私の執務室に突然飛び込んできた妖精たちは明らかに慌てていた。しかも今奴らが口にした言葉……っ。

衝撃を受け、血の気が引いていく。

「なん、だと……!?」

ベルになにがあったと言った！

『ごめん！　ボクらテオが皇城に移動したあと、悪魔がディバイン公爵領の領都に入ってきたことに気付いて、ベルに伝えていたんだ』

『ベル、ミンナニヒミツッテ、イッタ！』

『サワグトアクマ、セーレイ、ニゲル！』

イザベル……っ、君はどうしてそんな……！

『ベルは、精霊を捕まえたかったんだ。だから、ボクらが密かに捕まえに行っていて……戻ってきたら、部屋に悪魔がいて、ノアが……魔力暴走させて……っ』

魔力の暴走だと!?　ありえない。ノアはまだ祝福の儀さえ終えていない年だ。それなのに何故……っ。

『ベル、ノアノ、マリョクコントロール、イッショニヤッテアゲタ！』

『コントロールデキタ!!　ケド、ノアタオレテ、ベルタオレテ、ベル、アクマニサラワレタ!!』

「ぐっ、悪魔は……、今どこにいる⁉」

あまりの怒りに、身体から魔力を放出してしまい、周辺に冷気が広がった。

『うわっ、だ、大丈夫！　〝卵〟が一つ、ベルに付いていったからわかるよ！』

『テオ、サムイ！』

『テオ、カチコチ‼』

「どこにいる！」

私の冷気にあてられ、妖精たちが震え上がっているが、そんなことよりもベルの居場所だ！

『こっちに向かってる！』

『コージョーニクル！』

『ムカエウッ‼』

皇城に、向かっているだと……⁉

◆　◆　◆

「ん……」

ここは……どこなの？

狭い空間に押し込められているのか、窮屈で身動《みじろ》ぎもできない。なにより、目を開けても真っ暗だ。

わたくし、やっぱりアベラルド様に捕まったのね。ここはあの黒い靄《もや》の中かしら……。さっきからガタガタと揺れていることと、馬の蹄《ひづめ》の音から考えて、おそらく馬車に乗っているのだろうけれど。

「旦那ぁ、着きやしたぜ」

「……ああ。ご苦労だった」

知らない男性の声と、ダスキール公爵の声……。知らない声は御者だろうか。馬車から降ろされたのか、馬の蹄《ひづめ》の音が遠ざかっていく。

わたくし、黒い繭《まゆ》のようになっていると思うのだけど、アベラルド様に担《かつ》がれているのかしら？

それだと御者が驚くか怪しむか、しますわよね。

しばらくして、ようやく暗闇が晴れ、周りの景色が見えるようになる。

ここは、どこかの小屋……？

天井も壁も木でできた、薄汚れた小さな部屋。そこに二つ並んだベッドの片方に下ろされていたわたくしは、ここぞとばかりにキョロキョロと周りを見渡し、向かいのベッドに座るダスキール公爵……の姿をしたアベラルド様を見た。

「ここはどこですの？」

「……ここは宿屋だ。今日はここで一泊して、また明日馬車に乗る」

「宿屋……」

なに？　どこに向かっているの？

「そんなことより、凍っていた腕や顔、それと背中の怪我はどうだ」

「え……」

アベラルド様にそう言われ、ハッとする。

ひび割れた腕も、なにもなかったかのように元に戻っていた。

「そういえば……痛みがありませんわ」

「もしかして、アベラルド様が治療してくださったの？」

「もしかしなくても、そんなもんを治癒できるのはオレしかいねぇ」

そう言ってそっぽを向くアベラルド様が、悪魔の人格になっているとは思えない。

「ありがとう存じますわ」

「はっ、その怪我の原因はオレだろうが。お礼を言われる筋合はねぇよ」

まぁ、確かにそのとおりなのだけど、あの凍ってひび割れた腕は多分、世界中を探してもアベラルド様以外に治せる人はいないでしょうから。あれ、放っておいたら絶対、切断しないといけない大怪我になっていましたわよ。

「そうですの……。でも何故、わたくしを連れてきたのですか？」

「それは――」

アベラルド様はしばらく黙り込んだあと、口を開いた。

「オレは……兄上たちの魂を救う方法は、悪魔と契約するしかないと思っていた……。お前は、他の方法を……見つけられるのか？」

ポツリと呟いた言葉に、残り一回でも、もう兄たちを不幸にしたくないという思いが見えた気がした。

「……アベラルド様、悪魔は今どちらにいますの？」

しかし、わたくしはそれには答えず、悪魔の居場所を尋ねた。悪魔に邪魔をされたくないからだ。

「奴は、オレから離れて自由にしている。だが、突然現れたりするから、契約者であるオレとは常に繋がっているんだろうぜ」

「繋がっているということは、会話も聞こえているということですの？」

「……そうだろうな。こっちからは話しかけられねぇが」

では、この会話も悪魔には筒抜けですのね。

「なるほど……。わたくしもまだ確信は持てませんが、希望はあるのではないかと思っておりますわ」

仕方ないかと思いつつ先程の問いに答えると、アベラルド様は驚いたように目を見開き、「随分はっきりと言い切るじゃねぇか」と言った。それに微笑みだけを返し、ずっと気になっていたことを問う。

「ところで、悪魔は人を傷付けたりはできませんの？」

「あ？」

「ノアとミランダを足止めしていたあの黒い靄《もや》は、悪魔の能力なのでしょう？　あなたが使っていた時は攻撃にも使用できるようでしたが、悪魔が使っている時には、人を傷付けていなかったので、そうなのかと思いましたの」

「ああ……、悪魔は契約に関係する者を傷つけることはできねぇ。契約に影響を与えないためにな」

やはり、思ったとおりですわ。妖精たちから、悪魔が領都にいると報告を受けたけれど、悪魔自身は契約に関係しているノアに手出しできないのではないか、と推測していたので逃げ出すことはしなかったのよ。

悪魔の人格を作り上げたアベラルド様は、皇帝陛下から話を聞く限りでは、子育てのようなこともなさっていたようですし。アベラルド様自身もお優しい性格のように思えたから、そこまで心配することにはならないのではと思っていたの。ノアの魔力暴走は予想外でしたけれど。

「……では、あなたは何故、悪魔の能力を使えますの？　身体を奪う能力も、黒い靄《もや》も悪魔のものでしょう？」

そう質問すると、訝《いぶか》しむような表情をしたものの、結局は答えてくれた。

「契約者であるオレが死なねぇように、悪魔が与えてくれた能力だ。契約を遂行するまで、死なれたら困るんだろうぜ」

そうだったのね……。この人は、悪魔の能力で千五百年も生かされてきたのだわ。……兄たちの魂を不幸にするためだけに。どんなに辛かったか……

「納得できましたわ。教えていただき、ありがとう存じます」

「……」

「ついでにもう一つお伺いしてもよろしいかしら」

「まだなにかあるのかよ」

面倒そうにこちらを見るアベラルド様に、わたくしは口角を上げ、笑顔を張り付けて言った。

「いつから、アベラルド様の人格に戻っておりましたの？」

SIDE　テオバルド

「ベルの居場所を教えろ。すぐにそこへ移動する」

先程から苛つきを抑えられず、執務室を歩き回る。

『テオ、待ってよ！　移動って……、レーテはまだ転移できるほど、魔力が回復してないんだよ!?　無茶言わないで！　ベルが心配なのはわかるけどさ……』

『テオ、オチツク！』

『テオ、サムイ!!』

落ち着いていられるか！　私のベルが、怪我をして死にかけているかもしれないんだぞ!!　何故そんな時に私は……っ、ここにこんな緊張感のない妖精と留まっていなくてはならない!?　私に転移能力さえあれば、今すぐベルのもとへ飛んでいくのに……っ。

『あ、卵から報告が来たよ……』

「ベルは無事なのか!?」

『ちょ、だから落ち着いて……、え!?　ベルの怪我が治った!?』

治っただと？　どういうことだ!?

『アベラルドガ、チリョウシタ！』

『ベル、カンゼンフッカツ!!』

『テオ、ベルは無事だよ。傷一つないってさ。アベラルドが治療したみたいだ』

そういえば、奴は聖者だったか……

「ベルは今、どこでなにをしている……。悪魔がそばにいるのだろう。安全ではないはずだ」

治療してもらったと聞き一瞬気が緩みそうになったが、ベルは悪魔に攫《さら》われたのだ。油断はできない。

『うーんと、悪魔は今、どこかに行っているみたい。ベルはアベラルドに宿に運ばれたみたいだ』

『ヤド、フタリッキリ！』

『アベラルド、オトコ!!　ベル、オンナ!!』

『アカ！　アオ!!　だめだって!!　そんなことテオの前で言ったら……っ』

男が、私の妻を……宿に連れ込んだだと……っ。

『悪魔より悪魔らしい顔になってるじゃないか！　どうするのさ!!』

『アカノセイチガウ！』

『アオノセイデモナイ!!』

「お前たち、確か自分だけなら転移ができたはずだな……」

『ヒィィィッ』

『コワイー！』

『オタスケー!!』

目の前を右往左往していたキノコの頭を掴むと、『ピィッ』と鳴き声を上げる。

いつから鳥になったのか……

「お前がベルのそばに行き、彼女を守れ。わかったな」

『アゥゥ……!!　ワカッタ。アオ、ガンバル!!』

青いキノコはそう返事をして、私の手から姿を消した。

『て、テオ……、あの、お、落ち着いて……』

「私は冷静だ」

『ハンニャ……！』

◆　◆　◆

「なんだと……っ」

「今は、アベラルド様の人格ですわよね？　最初は別人格を作ったというのも嘘なのかと思っておりましたけど、そんな嘘をついてもなんのメリットもないですものね」

アベラルド様は動揺しているのか、口をぱくぱくと開閉させた。やがて、ぎゅっと唇を閉じ、わたくしを睨む。

「オレは『アバドン』だ。アベラルドじゃねぇ！」

「そうですの……。では、これ以上は聞きませんわ」

多分、アベラルド様の人格が戻ったのは、皇帝陛下の洗脳が解けた時だろう。もちろん、陛下のイーニアス殿下と皇后様を想う心が洗脳を解くきっかけになったのだろうけど、完全に洗脳を解いたのは、アベラルド様ではないかとわたくしは考えている。

何故なら、皇帝陛下は幼い頃から洗脳されていた。魔法を使わない洗脳でも、長期間にわたるものだと解けにくいと聞いたことがある。それを魔法の力でおこない、さらに長期間にわたって洗脳されていたのだから、なおさら解けにくいはずだ。力を行使した者が解くほか、元に戻す方法はない気がする。

けれど、人格が戻ったことをここまで否定するというのは……、兄たちの魂を不幸にするのが自分だという事実を、受け入れられないのでしょうね。

「話は変わるのですが、わたくしは一体どちらに連れていかれようとしていますの？」

「それをはじめに質問すんのが普通だろうが」

呆れたように顔をしかめ溜め息を吐くなんて、まるでこちらが非常識のようではなくて？　非常識なのはあなたの方ですのよ⁉

「お前はウェルスとアントニヌスにとって大切な者のようだからな……。皇城に連れていく」

「皇城⁉　なんで皇城に……」

「お前たちのせいでオレの計画が狂った……。これ以上邪魔されて、契約を完遂できねぇのは困るんでな。もう、二人の成長を待っている猶予《ゆうよ》もねぇ」

苛ついたようにそう言って、わたくしを鋭い目で射貫く。

猶予《ゆうよ》がない……？　もしかしたら、アベラルド様本来の人格に戻ってしまったことで、精神がこれ以上耐えられないのかもしれない。だから……

「アントニヌスの目の前で、お前を殺す」

——そして絶望させ、契約を終わらせる。

そう言ったアベラルド様の瞳にこそ、絶望が浮かんでいた。

これは……まずいかもしれませんわ。

アベラルド様の精霊に、早く『あのこと』を聞かなければ……。でも、妖精たちが捕まえた、と言っておりましたから、今は妖精たちのもとにいますのよね……。完全にすれ違っていますわ！

SIDE　テオバルド

ベルのことだ。おそらく口八丁手八丁で切り抜けているだろうが、心配でたまらない。

「アオはなにをしている。連絡はまだないのか？」

『今送り出したばかりだよ!?　そんなにすぐに連絡が来るわけないよね!?』

『アオ、テオノ、ドレイニサレタ……』

『アカはおかしなこと言わない!!』

うるさい妖精だ。

『なにかすごく失礼なことを、テオが考えていた気がするんだけど!?』

「気のせいだろう。それより、アオからの連絡はまだないのか」

『だーかーら!!　今送り出したばかりだって言ってるよね!?』

「チッ」

『舌打ち!?』

気ばかりが逸《はや》る。私はいつからこんなに情けない男になったのだろうか。

『ア、ホカクシタセーレイノコト、ワスレテタ！』

『あ』

皇后の魔力が回復したら、ベルのところへ……いや、一度行った場所でないと行くことができなかったか……くそっ。

『アカ、精霊をここに連れてきて。さすがにベルのところに連れていくわけにはいかないから』

『ワカッタ！』

『テオ、捕まえた悪魔の精霊を連れてくるよ』

精霊だと？　そんなものよりベルを奪還してこい――そう思うが、自分の無力を妖精のせいにしたとノアが知ったら、また頬を膨らませて「めっ」と怒るだろう。そんな息子の顔が浮かび、ぐっと我慢する。

「精霊か……力が弱まっていると言っていたな。私には見えないのではないか？」

『う～ん、いつものように通訳するよ！』

「ああ。もう一度、アベラルド様と悪魔との契約のことを詳しく聞きたい」

そういえばベルは、生まれ変わりの回数を気にしていたか。

「念のため、ベルが気にしていた、生まれ変わりの正確な回数も聞いておきたい」

『任せてよ！　アカがすぐ連れてくるからもう少し待っていて‼』

しばらくしてアカが戻ってきたが、やはり私の目には精霊の姿は映らなかった。そう思うと妖精が見えるのも不可解に思えてくる。

正妖精がそばにやってきて、なにもない空間を指差し、『テオ、一応君の目の前に精霊がいるよ』と面白そうに笑う。その顔にイラッとした。

『こ、ここだよ。ここ！』

私のイラつきに怯えたのか、慌てて顔を引き締める正妖精を睨み、指差した方向を見る。

『セーレイ、イマニモ、タオレソウ！』

アカが精霊が弱っていることを教えてくれるが、いくら休んでも力が弱っているのなら回復はできないだろう。

それならば、消える前に詳しい話を聞き出す必要がある。

「全く見えないが、まぁいい。先程言ったことを聞いてくれ」

『今にも倒れそうな精霊に容赦ないね……』

『テオ、キチクノショギョウ！』

「力が弱っているのなら、消える前にできることはすべきだ」

『正論だけどやっぱり鬼畜！』

『テオ、マダゲキオコ……！』

ごちゃごちゃ言っていないで、通訳するなら早くしろ。

『私はアベラルドと契約している光の精霊、ウィルです』

「私はテオバルド・アロイス・ディバインだ。あなたに聞きたいことがあり、こちらにお招きした」

『お招きって、いい言い方だね！』

『ホントウハ、ホカクシタ！』

きちんと通訳をしろ。

『私に聞きたいこととはなんでしょう？』

「イーニアス殿下に語ったアベラルド様の過去……、特に悪魔との契約部分を正確に知りたい」

焚《た》き火がパチパチと散る音を聞きながら、揺らぐ炎を眺める。こうしていると心穏やかになるのは、焚《た》き火から発生する1／fゆらぎを感じ、アルファ波が出て脳がリラックスするからだと聞いたことがある。

【なぁ、契約の穴を見つけたかぁ？】

だから、このクズの権化のような悪魔の囁きにも、イライラせずにいられるのかもしれない。

【おい、聞いてんのかぁ？　早く見つけねぇと、お前、殺されるぜぇ】

何故わたくしが焚《た》き火を眺めているかというと、現在野宿中だからだ。

あの宿に一泊したあと、今度は馬車ではなく馬で何時間も走り続け、草木生い茂るこの場所で野宿をしているのが現状だ。アベラルド様は今、食べ物を探しに森へ入っている。

正直、真っ暗な中、近くに家すらない場所に一人置いていかれたのは恐ろしい。けれど、馬で駆けたせいで体力が残り少ないわたくしが森に入る方が危険。だから自ら火の番を買って出た次第ですのよ。

【なにか答えろよ。聞こえてんだろぉ】

まぁ、さっきからオラオラ系クズ悪魔に絡まれているのだけれど。

「あなたが最低な悪魔だということはわかりましたわ」

【あん？　どういう意味だよ】

「どういう意味もなにも、そのままの意味ですわ」

アベラルド様との契約は、この悪魔の嘘から始まっているのだから。

「あなた、アントニヌス帝の父親であるマルクス様とは、最初から契約などしていませんでしたわね」

【ククッ、どうだったかなぁ】

わたくしの話に悪魔は面白そうに笑って、続けろと促《うなが》してくる。

「あなたがマルクス様との『契約』を口に出したことで、アベラルド様はお兄様たちの魂が、悪魔のあなたに食べられてしまうのだと思い込んでしまった。本当は契約などしていないのだから、アントニヌス様たちの魂を喰らうことなどできなかったのに」

【契約の話は嘘じゃねぇよぉ？　マルクスはオレが承諾したと思っていたみたいだし？】

やっぱり、焚《た》き火のリラックス効果があっても、この悪魔にはイラッとしますわ。

「仮にアベラルド様が気付いて契約なさらなくても、その場合、あなたはマルクス様と契約したはずでしょうから、それについてはなにも言いませんわ」

【そうだなぁ】

「ですが、許せないのはそのあとですわ」

【なんだぁ？　言ってみろよ。許せないことって、なぁんだぁ】

　本当、イラッとくる悪魔ね。

「あなた、アベラルド様との契約が成立していないのに、契約は結ばれたって言いましたわね」

【ククッ、覚えてねぇなぁ。なにせ千五百年も前のことだからよぉ】

「契約が成立する条件は『互いの同意』と『願い』、そして『生贄《いけにえ》』が揃ったら。けれど、アベラルド様が契約に縛られたと思った時には、『生贄《いけにえ》』はなかった。なにしろ、この契約の生贄《いけにえ》は、転生したアントニヌス様とウェルス様の不幸、そしてアベラルド様の魂ですものね」

【アベラルドの魂、楽しみだなぁ】

　クツクツと笑うコイツを殴りたくなるが、拳を握るだけで我慢した。黒い靄《もや》に物理的な攻撃は通用しない。

「マルクス様が処刑された時点で、契約者となる者はいなくなった。だからアントニヌス様たちの魂を喰らうことができなくなったにもかかわらず、アベラルド様はあなたとの契約に縛られたと思い込んだ……っ」

【知ってるかぁ？　人間ってのはぁ、慈悲深い奴、綺麗な魂の奴ほど騙《だま》しやすいんだよ。他人を信じる、なんて言ってる甘ぁい奴はぁ、オレたち悪魔につけ入られるんだぜぇ】

　爪が拳に食い込む痛みで、なんとか怒りを堪え話を続けた。

「……そして、アントニヌス様たちが転生した魂を不幸にしてしまったことで、本当に契約は成立してしまったのよ」

【アベラルドは、純粋でなぁ。とぉってもいい子なんだぁ】

幽霊と黒靄《くろもや》の中間みたいな姿で、ニヤニヤと笑って浮いている悪魔は気味が悪い。

「最初から、目的はアベラルド様の魂でしたのね」

【聖者は滅多にいねぇんだ。しかも、教会に守られてるもんだからよぉ、悪魔がつけ入る隙のある聖者ってのは貴重なんだ】

「聖者の魂は、悪魔には劇薬のような気もしますが？」

【逆だよ。聖者の魂を喰らえば、バカみてぇに力が増すんだぜぇ】

なるほど。マルクス様に召喚されたあと、ずっとアベラルド様をつけ狙っていたわけね。

【まぁ、隠すことでもねぇから、別にアベラルドに話しても構わねぇよ。絶望は、より魂を美味くするんでなぁ】

「絶望……」

そう。皇城に着いて絶望するのは、一体誰かしらね。

わたくしは、ポケットの膨らみを優しく撫で、炎の揺らぎを眺めた。

SIDE　テオバルド

精霊と話をした翌日、皇后に頼み、ノアを転移で帝都に連れてきてもらった。

一緒にやってきた侍女たち二人のうち、イザベルに付けていた侍女からなにがあったのか、ウォルトに報告が上がる。

ベルは、アベラルドに壁に叩きつけられた上に、ノアの魔力暴走で身体が凍りついていたらしい。

「なんということだ……っ、私が離れている間にベルがそんな目に……っ」

「奥様は、ノア様を守るため、魔力暴走しているノア様を抱きしめ必死に宥《なだ》められたそうです」

「ベル……」

わかっている。ベルはそういう女性だ。

息子思いで優しく、そしてなにがあっても自身で道を切り拓いていく。そんな強さがある人だ。

だからこそ、私は彼女に惹かれ、守りたいと思ったのだ。

「アオからの報告では、ベルは現在馬で帝都に向かっているということだ。本物の悪魔は、契約に関係する者には手出しできないと言っていたらしい。アベラルドに怪我を治してもらい、酷い扱いは受けていないと……。怪我もなく元気だと報告は受けたが、どうにも心配だ……」

「旦那様、奥様はこちらに向かっていらっしゃるのですね。お元気そうですし、妖精様もおそばにいらっしゃいます。旦那様がやるべきことは、これからやってくる悪魔とアベラルド様にどう対抗するかを考えることではございませんか？」

ウォルトの言葉に静かに頷く。

「――悪魔の契約の穴を、ベルが見つけたようだ」

◇　◇　◇

「おかぁさま！　ぁ……ちがうの……おとぅさま……」

「ノア様……っ、走ってはいけません。転んでしまいます」

タウンハウスでノアが目覚めたと聞き、急ぎ帰ってきたのだが……

「カミラ、おかぁさま……どこいるの？」

「ノア様……」

玄関の扉を開けると、ベルが帰ってきたと思ったのだろう、ノアが大急ぎで駆け寄ってきた。だが私の顔を見た瞬間落ち込み、侍女にベルの居場所を聞いている。

「旦那様、ノア様は悪気があるわけではございませんよ」

「わかっている」

ウォルトがそう囁くが、今までの私の態度を省みると、このような対応をされても責められない。こんなことで責める気は毛頭ないが。

「ノア、ベルは今領地からこちらに……帝都に向かっているところだ。お前は皇后陛下によって先にタウンハウスへ連れてこられた」

「おかぁさま、しゅぐくる？」

「ああ……。二、三日後には会えるだろう」

「どぉちて、わたちだけ、さき、きたの？」

私を見上げるノアのために、屈んで視線を合わせる。いつもベルがやっていたように。

「ベルは怪我をしていたから、医者に診てもらっていた。だから来るのが遅れてしまったんだ。ノア、お前は目の前で怪我をしたところを見たはずだ」

「……おかぁさま、せなか、いたい、いたいなの……」

「っ……そうだ。手当てしてからこちらに向かったから、お前とは一緒に来ることができなかった」

「……あちた、おかぁさまおむかえ、こおごおさま、おねがいしゅる！」

「ノア、皇后陛下はお忙しい方だ。無理は言えん。それにお前はベルの騎士なのだろう？　母に二、三日会えないくらい我慢できなくてどうする。ベルに笑われてしまうぞ」

「っ⁉　わたち、がまんできる‼　おかぁさまの、きちなの！」

「ああ。それでいい」

ノアを抱き上げウォルトを見ると、ウォルトは無言で頷いた。

少し前ベルに、「ノアはわたくしが産みましたの！　そう思って育てますわ。だからテオ様も、ノアはわたくしとテオ様の愛の結晶だと思ってくださいまし！」と言われてから、不思議とノアのことが苦手ではなくなった。

ノアの話し方や性格が、最近ベルに似てきたこともあるのだろう。

まだ父親として駄目な部分が多いとは思うが、あの時初めて、ベルとともにこの子を育てようと、そう思えたのだ。

「おとぅさま」

「ノア、お前が何故魔法を使えるようになったかわからないが、五歳から始める予定だった教育を前倒ししなければならないと思っている。これは、ベルや周りの者を傷付けないために必要なことだ。頑張れるか？」

「はい！　わたち、やる‼」

「いい返事だ」

魔力コントロールはベルのおかげでなんとかなりそうだが、氷の攻撃魔法については私しか教えてやれる者はいない。

これからこの子のためにできるだけ時間を取らねば……

「あのね、わたちまほお、しゅぎょおしたのよ！」

このドヤ顔も、ベルにそっくりだな。

◆　◆　◆

「もう大丈夫よ。アオ」

悪魔がどこかへ行き、アベラルド様も離れたところにいる間に、ポケットをポンポンと触り、声をかける。するとポケットがゴソゴソと動き始め、やがてポンッと青いキノコ帽子が顔を出した。

『ベル、サッキノ……アベラルドモ、セーレイモ、カワイソウ!!』

「ええ。そうですわね……。だからノアやイーニアス殿下だけでなく、アベラルド様も救わないといけないのよ」

『ミンナ、スクエル？』

「もちろん、絶対に悪魔の好きにはさせませんわ！」

『ベルカッコイイ!!　ダイスキ!!』

アオったら、可愛いことを言ってくれますわね！

◇　◇　◇

ディバイン領を出て四日後、黒靄《くろもや》の繭《まゆ》に包まれたまま帝都にたどり着いた。

どうして黒靄《くろもや》に包まれているのに居場所がわかるのかというと、アオが帝都に着いたことを教えてくれたからだ。

不思議なことにアオにはわたくしたちがどこにいるのかわかるらしい。

ここ数日、アオを介してテオ様と連絡を取っていたのだが、そこで得た情報によると、ノアは今タウンハウスにいるそうだ。

このままここで解放してくれたらノアに会えるのに。

まぁ、絶対無理ですわよね。わたくし誘拐されたのですし。ああ、ノアに会いたいわ……

「これから皇宮に入る。アントニヌス兄……いや、イーニアスは皇帝の宮にいるようだから、そこまでは自分の足で歩いてもらうぞ」

多分馬から降ろされたのだろう。振動と蹄《ひづめ》の音がしなくなり、黒靄《くろもや》から解放される。

「お待ちください。このような格好では皇宮に入ることはできませんわ」

三日前、あの宿屋でアベラルド様に庶民の服に着替えるよう指示され、今は町娘のような格好なのだ。これでは皇宮など絶対入れないだろう。

「その程度、記憶を改竄《かいざん》すればいい。入宮後はメイドの服を奪えばいいしな」

と、わたくしの意見は却下された上、とんでもないことを言ってのける。

誘拐されておいてなんですけど、わたくし、皇宮のメイドに迷惑をかけたくありませんわ！　メイドが制服を奪われたりなくしたりするということは、備品の管理不足で職を失うということですのよ。一度なくしたら、邸《やしき》の安全面から全てのメイドの制服を一新しなくてはならないし、かなり大変なことになりますの。

「ドレスショップに参りますわ！」

「はぁ!?」

「あなた、元王子様なら、メイドが服をなくすことの重大さがわかりますでしょう！　さ、行きますわよ。あ、記憶の改竄《かいざん》とやらで、わたくしをあなたの侍女だと思わせるか、あなたの姿を女性に変えるかしてくださいましね。わたくし不倫を疑われたくありませんの」

「お前……っ、誘拐された分際で我儘《わがまま》すぎるぞ！」

「うるさいですわ！　それが嫌ならここで解放してくださいまし！」

こうして、アベラルド様とドレスショップに入ることになるのだけれど……これ、あとでテオ様に叱られそうですわね……

◆　◆　◆

『テオ、大変！　ベルが帝都に到着したってアオから連絡が来たよ！』

『ユーカイサレテルノニ、ドレス、ヨーイサセタ！　イマ、ショッピングチュウ！』

「は？」

◆　◆　◆

「どうしてオレがこんなことしなくちゃなんねぇんだ」とブツクサ言っているアベラルド様を連れ、ドレスを購入後、『おもちゃの宝箱』に寄ったわたくしは、従業員に挨拶しながら二階のカフェに向かう。

ノアの好きなスフレパンケーキと、テオ様の好きなカレーパン、そしていろんな種類のドーナツがいいですわね。

テイクアウトで大量に購入したおやつにアベラルド様は困惑を隠さない。

「なんで菓子まで買ってやがる⁉」

「だって、皇宮に行くのでしたら、手土産は必要でしょう？　ノアはこのスフレパンケーキが大好きですし、テオ様はカレーパンが大好きですのよ」

「必要じゃねぇよ‼　お前、今から殺されようとしてんだぞ⁉　バカなのか⁉」

「まぁ、言葉遣いが悪いですわよ。さ、購入しましたし参りましょう」

「チッ、貸せよ！」

荷物を奪い取られたのだが、どうやら荷物を持ってくださるつもりなのだと気付き、微笑ましくなった。

「……オレは今、他の奴らにはお前の侍女に見えているからな。仕方ねぇから持ってやってんだよ！　ニヤニヤすんなっ」

「ニヤニヤだなんて、ホホホッ」

「クソッ！　お前みてぇな奴、攫《さら》わなければよかったよ！」

肩を怒らせて早歩きでズンズン進んでいき、しばらく歩いたあと後ろをチラッと見て、少し考えてまた戻ってくるアベラルド様は、幼い子供のようで可愛らしく、つい笑ってしまいましたわ。

途中馬車に乗り、ようやく皇宮へ向かう。

が、もちろん馬車はディバイン公爵家のものではないので、いつもはフリーパスの皇城の門前で止められてしまった。

「いつもご苦労さま。当家の馬車でなくて困惑なさったでしょう。実は、旦那様と息子にサプライズをしたくて、あえてディバイン公爵家の馬車を使いませんでしたのよ。あ、もちろんわたくしが来たことは旦那様に秘密になさってね。突然行って驚かせたいの」

「え……。で、ですが……」

「フフッ、旦那様以外の方には報告してもよろしくてよ。旦那様の補佐のウォルトでしたら、わたくしのサプライズを理解してくれるわ」

「はっ、それなら、お通りください。引き留めてしまい、申し訳ありませんでした！」

「いいえ。しっかりお仕事をなさっていて、さすが皇城の門番だと感心いたしましたわ」

なんて言いつつも、テオ様にはアオを通じてもうわたくしが来ていることは伝わっているのよね。

いつもの新型馬車とは違いガタガタ激しく揺れる馬車に、お尻の痛みを気にしつつ門を通り抜けた。

「あのディバイン公爵夫人と初めて喋《しゃべ》っちまった！」

「いつもは通り過ぎるのを見るだけだしな。やっぱり絶世の美女だよなぁ」

「キツめの美女だけど、性格は気さくだった……っ、しかも、香水のキツい香りじゃなくて、優しい花のようないい匂いがした……」

「ついつい見惚《みと》れちまったなぁ。ディバイン公爵、羨《うらや》ましいよ！」

「でもよぉ、あの噂本当だったんだな」

「ああ、ディバイン公爵夫妻、ラブラブってやつだろ！」

「結婚して一年だもんなぁ。まだまだ新婚さんだぜ」

「確か公爵が、夫人に一目惚れして強引に申し込んだんだったよなぁ。あれだけの美女なら、そりゃあ一目惚れもするよ！」

「強引にって噂だけど、あれは絶対嘘だ！　お互い惹かれ合って結婚しないとあんな、旦那様をびっくりさせたい、なんて言って仕事場に来ないだろ」

「確かに‼　貴族同士の結婚であんなにラブラブだなんてなぁ……」

「「羨《うらや》ましいぜ〜‼」」

門番の人たちがそんな噂話をしているとは思いもせず、馬車で皇宮に向かう。

「——ここで馬車を降りるぞ」

「あら、皇宮まではまだかなり距離がありますわよ」

皇宮の門まで歩いて三十分はかかりそうな場所で、馬車を停めるアベラルド様に首を傾げた。

この壁の向こうがすぐ皇宮だといっても、入るためには迂回《うかい》しないといけませんのよ。まさか壁を破壊するとか言いませんわよね？

「ここでいいんだよ。皇族しか知らねぇ皇宮までの隠し通路がある」

まぁっ、隠し通路ですの⁉　ディバイン公爵家にもありますが、やっぱり皇城にもございますのね。

「迷路と変わらねぇからはぐれるんじゃねぇぞ。一生抜け出せなくなるからな」

「それは困りますわ！」

ドレスのスカート部分のレースが、もぞもぞと揺れる。アオが、自分がいるから大丈夫だと主張しているのかもしれない。アオが隠れやすいように、レースをふんだんに使用した青ベースのドレスにしたけれど、あまり動かないでね。

アベラルド様が、ポツンと立つガゼボのテーブルを動かすと、隠し通路の入口が出てきた。そこから地下へ続く階段をしばらく下りたあと、迷路のように入り組んだ道をアベラルド様について歩く。

地下に入った瞬間、灯《とも》りが点ったのだけど、どういう仕組みなのかしら？

「十五分ほど歩けば兄上の……いや、現皇帝の宮に着く」

「まあっ、普通に行くと馬車でももっとかかりますのに、たった十五分で⁉」

「地下の道は入り組んでいるように見えて、道さえ間違わなければ直進するように走っている。最短距離で皇城と皇宮を行き来できるよう作られているんだよ。もちろん外に繋がる道もあるぞ」

それって、皇城と皇宮の地下に、巨大な迷宮が作られているということよね。そんな技術を一体どこで……

「元は鉱山地帯だったらしい。地下迷宮は鉱道の名残だな」

なるほど。それを利用して上に皇城と皇宮を建てたのですわね。アントニヌス様ってすごいわ……

【随分楽しそうな冒険してんじゃねぇか】

しばらく歩いていると、突然悪魔の声が聞こえた。どこかへ行っていたのに戻ってきたのか、とうんざりする。

「もうすぐ皇帝の宮だ」

慣れているのか、アベラルド様は悪魔の言葉をスルーして、行き止まりになっている場所で歩みを止める。

「アベラルド様？　行き止まりのようですわ」

もしかして、迷子ですの？

アベラルド様はなにを思ったのか、壁のランプを掴むと九十度に傾ける。すると、壁がゴゴゴ……と、音を立てて動き出したではないか！

現れたのは上に続く階段だった。

「ここを上がると、皇帝の私室に繋がっている。アントニヌス兄上……イーニアスがいるはずだ」

階段を上がった先は、また壁だった。今度は右手の壁にかけられた燭台を倒すと、壁がスライドする仕掛けのようだ。

けれど、スライドした壁の先も壁……いえ、これは額縁の裏側……？

アベラルド様は慣れた様子で額縁の上部をパカッと開け、そこに顔を寄せる。

しばらくして額縁全体を押すと、まるで扉のように開いた。

「ぼーっとしてんじゃねぇ。行くぞ」

「あ、ええ……」

出ると、そこは本当に皇宮の中だった。先程出てきたところを見ると、アントニヌス帝の肖像画がある。この裏から出てきたのか。

先程パカッと開いたところは、肖像画のちょうど目の部分で、そこから外に人影がないか見ていたのだわ！

アベラルド様が言うには、ここは皇帝陛下の宮らしい。確かに一際華美というか……、ド派手だわ。あの皇帝陛下の好みとは違う気がするのだけど……。きっと洗脳されていた頃のまま模様替えしていないのね。

「さっさと来い」

アベラルド様に急かされて歩き出す。

【なぁ、死にたくねぇなら助けてやろうかぁ？　生贄《いけにえ》はお前の魂だけどなぁ】

自分の言ったことに自分で笑っている悪魔を冷ややかな目で見つめる。

無視よ、無視！　なにか言って揚げ足を取られたらいけないもの。

【あ～、早くアベラルドの魂喰いてぇなぁ。そういやぁ、皇城の地下牢に悪魔よりも悪魔らしい女がいたっけなぁ……。アベラルドぉ、あの女の脱走を手伝ってやろうぜぇ。大混乱する皇城と皇宮、ぜってぇ楽しいだろ】

ケラケラ笑う悪魔にアベラルド様もなにも答えない。黙って歩く相棒に、悪魔も諦めたのかやっと静かになった。

しばらくして、アベラルド様はある部屋の前で足を止めた。

「兄上……」

どこの部屋よりも頑丈そうな扉の前で、そう呟くアベラルド様は切なげだ。

もしかして千五百年前も、ここは皇帝の……アントニヌス帝の私室だったのかしら。

【ククッ、ほら、中で今か今かと待ってる。なぁ、イザベルぅ】

っ……!? まさか、悪魔はお見通しだった……?

スカートのレースが揺れているのは、アオが今の言葉でビクついたからだろう。

【強ぇ魔力が見えてるぜぇ。あれはお前の旦那かなぁ】

「わたくしの旦那様にかかれば、あなたなんて凍ってしまいますわよ」

【それは怖いねぇ】

ニヤニヤ笑う悪魔は、まるでアベラルド様自身の影が動き出したかのように気持ち悪く移動し、扉を開けるように促《うなが》す。

アベラルド様が扉をゆっくり押すと、重々しい音を立てて開き、そして――

「まっていたぞ！ あくま!!」

「おかぁさまを、かえせ!!」

扉を開けた途端、聞こえてきた可愛らしい声に慌てて中を覗くと、イーニアス殿下とノアが腕を組み、ドーンと効果音が聞こえそうなくらい胸を張って立っているではないか！

なにこの子たち!? 可愛すぎますわ!!

【なんだぁ？ ヒヒヒッ、ガキどもが歓迎してくれてんのかぁ】

「ノア！ イーニアス殿下……っ」

駆け寄ろうとしたが、アベラルド様に黒靄《くろもや》で拘束される。

動けませんわ……っ。

突如、耳元でビュッと風を切るような音がしたかと思うと、わたくしの横スレスレに剣が振り下ろされた。

【ぎゃあぁぁぁ!!】

悪魔の悲鳴とともにあたりが冷気に包まれ、氷の結晶が舞い散る。わたくしを拘束していた黒靄《くろもや》が、その冷気に触れた途端凍って砕け散った。

「ベル!!」

この声は――

「テオ様！」

わたくしに手を差し出す愛しい人に、わたくしも必死で手を伸ばした。

「悪いが、コイツにはイーニアスとノアの前で死んでもらう役割があるんだ。渡すわけにはいかねぇよ」

テオ様が差し出した手を蹴り上げ、体勢を崩して無防備になった脇腹に、畳みかけるように蹴りを入れようとしたのはアベラルド様だ。テオ様は自分の剣でそれを受け止める。

アベラルド様は、体術ができますの!?

意外だわ、と思っていたら、テオ様の持つ剣の刃先から冷気が出てきて、アベラルド様の足を凍らせ始めたではないか。パキパキと氷が割れるような音が、足を粉砕する様《さま》を思い起こさせて身がすくんだ。

刃先に氷魔法を伝わせたの？　普通なら剣が砕け散るのに……まさかあの剣、新素材で作ったんじゃあ……!?

「チッ」

アベラルド様は凍り始めた足でテオ様をもう一度蹴り、その反動で身体を一回転させるというアクロバティックな動きで、離れた場所に着地して、わたくしの腕を引っ張った。

「きゃあっ」

「ベル！」

バランスを崩し、悲鳴を上げる。

「動くな!!」

アベラルド様に後ろから羽交《はが》い締《じ》めにされた。人質にされたわたくしを見たテオ様は動けない。

二人の間に緊張が走る。

「おかぁさま！」

「ノア！　行ってはダメなのだ！」

ノアが駆け寄ろうとするが、皇帝陛下が止めてくれた。

皇帝陛下、いい判断ですわ！　と、心の中で賛辞を送り隣に視線をずらすと、皇后様がイーニアス殿下の肩を掴んで止めていらした。

イーニアス殿下もわたくしを助けようとしてくださったのだわ。この子たちはなんて優しく、勇敢なのかしら。

「さて、兄……イーニアス、ノア、最後の……」

「アベラルド様!! あなた、そこの悪魔に騙《だま》されていますのよ!!」

わたくしはアベラルド様の話を遮《さえぎ》り、大声で叫んだ。

テオ様に腕らしき箇所を切られていた悪魔は、その後アベラルド様の後ろで黙り込んでいたが、その間もおそらく怒りを募《つの》らせていたのだろう。わたくしを睨んだまま不気味な声で呟いた。

【……アベラルド、早く終わらせろぉ】

「悪魔があなたになにをしたのか、ご存知ですの!?」

【アベラルド、お前なにしに来たんだぁ？ 早く目的を果たせよぉ】

テオ様のおかげで、あのつかみどころがない悪魔がイラついていますわ！ あともう一押しですわね。

「アベラルド様、悪魔の言うことを聞いてはなりませんわ。だって悪魔は、あなたを騙《だま》して契約を結ばせたのだもの！」

【うるさい女だなぁ。黙れよっ】

「あら、話しても構わないとあなたが言っていたのではなくて」

【今はそんな話をする時じゃねぇんだよ！　アベラルド！　なにをしているっ、早く終わらせろって言ってんだろうがよぉ！】

アベラルド様は、悪魔の焦りようを訝《いぶか》る顔をしてわたくしを見た。

「どういうことだよ……」

【アベラルドぉ！　この女の話なんて聞いてんじゃねぇ！　さっさとしろよ‼】

「あら、最後ですもの。せっかくですからお茶を飲みながら、アベラルド様にあなたのついた嘘について知ってもらいましょうよ。手土産も用意しておりますのよ」

突然場にそぐわないことを言い出したわたくしに、悪魔だけでなくテオ様や皇后様、皇帝陛下まで怪訝な表情をしているが、気にせず続けた。

「わたくし、お茶請けを持って参りましたの。ノアの好きなスフレパンケーキと、テオ様のお好きなカレーパンもありましてよ」

「「すふれパンケーキ‼」」

わたくしの提案に嬉しそうにお返事をしたのは、子供たちだけだった。子供たち以外は皆ポカーンとしており、悪魔にいたってはイライラが爆発しそうになっている。

「お前……自分がどういう状況にあるか、忘れてるんじゃねぇのか」

さすがのアベラルド様も、おかしいものを見るような目を向けてくる。

「覚えていますわよ。でも、お話は美味しいものをいただきながらの方がよろしいでしょう？」

【よろしいわけねぇだろうが！　頭がお花畑か！　テメェはよぉ】

あらあら、悪魔が吠えておりますわ。

「これからアベラルド様に、あなたの卑劣なおこないをお教えするのだから、そのような乱暴な言葉で邪魔をなさらないで」

【てめぇ……っ、アベラルド！　お前なにやってんだ‼　今回が最後なんだから早く楽になっちまえよ！】

黒靄《くろもや》悪魔はわたくしを睨み、アベラルド様を急かす。

「あら、なにが最後で、あなたはアベラルド様になにをさせたいの？　当の本人はあなたの嘘をお知りになりたいようだけれど」

「悪魔が、オレに嘘を……」

ずっと思っていたのだけど、アベラルド様が千五百年もの間、悪魔の嘘に気付かないなんてことあるのかしら……。もしかして洗脳されているの？　そうだとしたら契約違反になるわよね……いえ、まさか、魔法ではなく、言葉たくみにジワジワと洗脳していたから、違反にはならなかったとか……？

【アベラルド！　その女の言葉より、千五百年も一緒にいたオレの言葉を信じるよな！】

悪魔がなにを言っているんだか。信じられるわけがないでしょうに。

「そういえばあなた、テオ様の攻撃にダメージを受けているようですが、契約者以外の人間があなたを消滅させたら、その契約は一体どうなるのかしら？」

【……ククク ッ、もしかしてお前、オレに攻撃が効いたからなんとかなると思って余裕ぶってんのかぁ？】

イライラしていた悪魔が突然、わたくしの言葉に笑い出す。

【いいことを教えてやるよぉ。オレの本体は、この世界にはないんだよ。今目の前にいる分身も、オレの指一本ぐれぇの存在だぁ。もし、テメェの旦那がオレを消滅させても、契約が生きている限り、オレはいくらでも同じような分身を作り出すことができるのさぁ】

「そんな……っ、ではあなたを倒しても、契約はなくならないの……？」

【ヒヒヒッ、お前マジかよぉ！　オレを殺せば全部終わると思っていたのかぁ？　無駄だよ。ム・ダ！】

「なんてこと……っ、それじゃあわたくしは、ここで殺されてしまいますの……？」

【こりゃ傑作だ！　さっきまでなんの根拠もなく勝ち誇っていた奴が、頭空っぽな計画立てて、ここで詰みとはよぉ。なぁ、アベラルド！】

わたくしの絶望した態度を見て、嬉しそうに周りを飛び回る悪魔がうっとうしい。

「おかぁさまっ、まけないで！　わたち、おかぁさま、たしゅけりゅのよ！」

「うむ！　ノアのいうとおり、まけてはだめだ！　わたしも、イザベルふじんをたすけるのだ!!」

応援してくれる子供たちのあまりの可愛さに、ほっこりしそうになる。

だめだめ！　今は顔を緩ませている場合じゃないのよ！

【アベラルド、あの能天気なガキどもを早く不幸にして、この契約を完遂しろよぉ】

かかった!!

「そ、そんなことはさせんのだ!!　イーニアスは朕が守る!!」

【おいおい、弱虫皇帝がなに粋がってんだぁ？　アベラルドぉ、その女を殺したら次はこの皇帝を殺せばよぉ、イーニアスは不幸のどん底じゃやねぇ？】

「させませんわ！」

【させませんわじゃねぇんだよ。これで最後だ。あと一回、コイツらを不幸にすりゃあ終わるんだ。早くやれって】

「……」

アベラルド様はなにかに耐えるように、ぎゅっと目を閉じたあと、決心したまなざしでわたくしを見た。

その時――

「だめ……っ、アベル！　やめて!!」

黒髪に金色の瞳をした人物が、どこからともなく現れたのだ。

「ウィル……っ」

「ししょ！」

アベラルド様とイーニアス殿下が同時に叫ぶ。

わたくしも、突然姿を現したこの人物には見覚えがあった。あの時、図書館を案内してくれた司書ですわ。あら……よく見るとこの司書、誰かに似て……

『間に合った⁉』

『イザベル！　ウィル、ツレテキタ！』

司書と同じように突然現れた妖精たちに、ナイスタイミングよ！　と心の中で親指を立てる。

『フタリトモ、ギリギリセーフ‼　アブナカッタ‼』

わたくしのドレスのレース部分から飛び出したアオが、正妖精とアカに文句を言っているけど、とてもいいタイミングでしたわよ。

【クハハッ、雑魚《ざこ》精霊かよ。最後の力を振り絞って、主人の姿をコピーして現れるなんてなぁ。笑える話じゃねぇかぁ】

あの悪魔……わたくしの計画が崩れたと思って機嫌がよくなっているわ……

『フローレンスのそばにいたから、多少回復したけど、人間に見えるように姿を現すだけで精一杯みたい』

『ショーモー、ハゲシイ……カイフク、ムリ！』

『ソンナ……‼』

ウィル……無理させてごめんなさい。でも、ノアやイーニアス殿下に認識させるためにもう少し頑張ってちょうだい。悪魔はそんな精霊の姿を見て鼻で笑っているけれど、いつまでその態度が続けられるかしらね。

「アベル、アベルもわかっているんでしょう？　悪魔の嘘を……っ、アベルが悪魔に騙《だま》されていたってことを……っ」

「もう遅いんだ、ウィル……。オレは契約どおり、兄上たちを不幸にするしかない……っ、これが最後なんだ……、やっと終わるんだよ。だから、邪魔しないでくれ」

「アベル……」

【ククッ、そうそう。アベラルドはもう、引き返せねぇんだよぉ】

未だ羽交《はが》い締《じ》めされているわたくしは、今にも悪魔を斬り殺しそうなテオ様に、落ち着いてくださいまし、という視線を送ったあと、皇后様と皇帝陛下を見る。

二人とも子供たちを後ろに庇い、悪魔とアベラルド様を睨んでいた。

「アベル、見て……。これ、組立式模型っていうおもちゃなんだって……」

突然、ウィルがどこからか取り出した組立式模型をアベラルド様に見せる。アベラルド様は訝《いぶか》しげな表情だ。

「っ!?　そ、それは寝室に置いていた朕の、空飛ぶお城の模型!?」

どうやら皇帝陛下の模型らしい。陛下はぎょっとしているようだが、ウィルはお構いなしだ。

「今の時代はね、子供たちがこうやって模型を作って遊ぶんだって。すごく平和なんだよ」

「だからどうした」

「アントニヌスも、ウェルスも、今までで一番幸せに生きているの。だから――」

「うるさい!! オレが今契約を破れば、兄上たちの魂は喰われ、全てが無駄になるんだ!! ずっとそばにいたお前ならわかるだろ!? オレは……っ」

ウィルの言葉に激昂《げっこう》したアベラルド様は下唇を噛み、羽交《はが》い締《じ》めしていたわたくしを、思いっきりウィルの方へ突き飛ばした。

「きゃあっ」

「ベル！」

「おかぁさまっ」

突き飛ばされた勢いでウィルにぶつかったが、彼がわたくしを受け止めてくれたので、怪我はなかった。ほっとした空気がその場に漂ったのだが……

「アァア!! 朕の、朕の空飛ぶお城がァアア!!」

皇帝陛下の絶叫が部屋中に響き渡る。

見ると、バラバラになった模型のパーツが、床に散らばっていた。

新素材で作られたパーツとはいえ、接着部分は衝撃に弱いから落下とかするとバラけてしまうのよね……

「イーニアスに褒められた朕の模型がァアア!!」

「ちちうえの……そらとぶおしろが……っ」

皇帝陛下が崩れ落ちた。

「朕の……朕の努力の結晶が……」

「ちちうえ、なかないでください……、ちちうえがなくと、わたしも……っ」

イーニアス殿下の目からポロポロと涙が溢《あふ》れ、綺麗なお顔がくしゃくしゃになってしまう。

「アスでんか、なかないで……？　アスでんか、なくの、わたち、いやなのよ……」

あぁ……っ、ノアもイーニアス殿下の涙につられ、さらにウチの子も涙を浮かべているではないか。

【クハハッ、おいおい、なんだこりゃ。お前らはこれから不幸になるんだからよぉ、そんなことで泣いていたらもたねぇぞぉ】

悪魔は宙を漂いながらケラケラと笑い、上機嫌だ。

……やっと、条件が揃ったわ！

「悪魔アバドン。あなたとアベラルド様の契約は、『百回転生を繰り返すアントニヌス様とウェルス様を、アベラルド様の手で百回不幸にすること』でしたわよね」

【そうだぜぇ。これが終わればやっと、アベラルドの魂を喰えるんだぁ。楽しみだなぁ】

「……そうですの。でも残念でしたわね。あなた、アベラルド様の魂を食べることはできませんわ」

精霊とアイコンタクトを交わしたわたくしは、悪魔を見上げ鼻で笑ってやったのだ。

【はぁ？　なに言ってんだお前……】

宙を漂っていた悪魔が、わたくしの前に下りてくる。

「まず、『不幸にすること』。これは、アントニヌス様とウェルス様を生涯不幸にし続けなければならないとも殺すとも、一言も言っておりませんわね。ということは、お二人が一瞬でも不幸と思えばいいのではなくて」

【……イヒヒッ、バレちまったかぁ。そうそう。だからアベラルドは今までやらなくてもいいことを、自ら率先してやってたってわけだぁ】

悪魔の言葉を聞き、アベラルド様が崩れ落ちる。

「そんな……っ」

それを見た悪魔は、より嬉しそうに笑い声を上げた。

なんて不快な声かしら。

「それに、当初の契約では何回不幸にしなければならない、とは言いませんでしたわね。つまり、百回の転生の中で、一回でも不幸にすれば契約は終わっていたということ」

わたくしの話に青ざめ、震えているアベラルド様には同情しかない。いままでずっと、悪魔にいいように使われていたのだから。

「オレ……っ、オレは……なんてことを……っ」

【あ～あ、理解しちまったら、終わっちまうだろぉがよぉ。ま、千五百年間、神の加護を受けた二人の不幸と、聖者の不幸を喰い続けていたから、そろそろ飽きてきたところだったんだぁ】

悪魔はアベラルド様に近寄っていく。

「アバドン、あなたなにをしているんですの？」

【あ？　そりゃあ、契約が完了したから、アベラルドの魂を喰らうのさぁ】

ヒヒッ、と気持ち悪い笑い方でわたくしを見てくるものだから、思わず見下して、ヒールを鳴らし、髪を払ってしまったわ。まるで悪役令嬢のように。

「だから言っていますでしょう。あなたは、アベラルド様の魂を食べることはできないと」

テオ様がわたくしのそばにやってきて、剣の切先を悪魔の首に突きつける。

【こんなことしても無駄だって言ってんだろぉがよぉ】

「あなた、アントニヌス様とウェルス様が、本当に百回転生したと思っていますの？」

【してるさぁ。お前は知らねぇだろうが、オレは百回の転生をこの目で見てきている。不幸になって無惨《むざん》に死んじまった二人の姿を、何度も何度も、何度もなぁ！】

悪魔はわざと、何度もという言葉を強調し、崩れ落ちたアベラルド様の姿を見て愉悦に浸っている。不愉快極まりない。

「あら、そう。でもね、違いますのよ」

【あ？】

悪魔が馬鹿にしたような態度のまま、首を傾げた。

「今は、『百一回目』ですの」

わたくしが精霊ウィルに聞きたかったのは、アントニヌス様とウェルス様が転生した『正確』な回数だった。

アベラルド様に誘拐された時、妖精の卵が付いてきたおかげで、アオがわたくしの居場所を把握し、転移してきたのは本当に運がよかったですわ。

おかげで悪魔に見つからないよう、テオ様やノアと妖精通信で連絡を取り合うことができた。

アオは帝都までの移動中ずっと、わたくしの服のポケットの中に隠れていた。そして、テオ様から教えていただいたウィルの話で、アベラルド様と悪魔は百回目だと思っているという言葉を聞いた時、やはりかと確信した。

精霊のウィルはテオ様に、わたくしだけがイーニアス殿下とノア、そしてアベラルド様を助けられる、と話したらしい。

それを聞いた時、わたくしはピンときたのだ。

わたくしだけが助けられるということは、回帰した記憶を持つ者が救えるということだ。つまり、この世界が百一回目だと知り得る人物だけが、悪魔を誤認させ破滅させる術《すべ》を持つのだと。

【――百一回目だと？】

なにを言っているんだ、と奇妙なものを見るような視線を向けられる。

本当、失礼な悪魔ですわ。

「嘘ではありませんわ。ねぇ、ウィル。そうでしょう」

「……イザベル、私はこのことに関しては、話すことを禁じられているのです。だから、あなたの考えを教えて」

精霊のウィルが禁じられていると言うからには、精霊以上の存在であるもの……神が関わっているのは間違いないだろう。

「わかりましたわ。アベラルド様、あなたはウィルが何故このように弱ってしまったのか、疑問に思いませんでしたか？」

悪魔を無視し、崩れ落ちてしまったアベラルド様に話しかける。

「……ウィル……は、悪魔の影響で……」

「違いますわ。そもそも、ウィルが弱ったのは、アントニヌス帝とウェルス様が今回の転生をした直後ではなくて？」

ハッとしたようにウィルを見るアベラルド様に対し、ウィルは瞳を揺らした。

「悪魔の影響なら、千五百年も過ごしていて、ある日突然弱ってしまうなんてことは考えられなくてよ。つまり、悪魔の影響ではなく、ウィルは自身の力をほとんど失ってしまうほどのことをしたということになりますの」

「そうなのか……？　ウィル」

アベラルド様の問いに、ウィルは力なく微笑む。

「そしてまさにそれが、この人生が百一回目だということに繋がるのですわ」

【まさか……っ】

悪魔が驚愕を浮かべて目を見開く。

ずっとなにかに似ていると思っていたけど、この悪魔、ゲームに出てくるシャドウモンスターに似ているのだわ！

「そう、そのまさかよ。あなた、『時間回帰』という言葉を知っていて？」

【あり得ない!!　たかが精霊にできることじゃねぇだろう!!】

焦る悪魔を鼻で笑ってやろうかしら、と思ったが、他の皆も話についていけないようで眉をひそめている。いいえ、テオ様と皇后様だけかしら。皇帝陛下と子供たちはまだ泣いていますもの。

「時間回帰……？」

アベラルド様が怪訝な面持ちで首を傾げた。

「時間回帰というのは、不思議な力によってある瞬間と全く同じ瞬間を繰り返すことを言いますの」

「同じ瞬間を繰り返す……」

「ええ。ウィルはあなたを救うために、自らの力を使って時間回帰を図ったのですわ。もちろんアバドンの言うように、精霊の力だけでこれは不可能でしょう。だから神の力もお借りしたのではなくて？」

ウィルは、否定も肯定もせずにじっとわたくしを見ている。

「……ベル、そこの精霊が時間回帰を図ったとして、しかし、それを覚えている者がいなければ、百一回目という概念は生まれないのではないか。たとえそこの精霊が覚えていたとしても、話すことを禁じられているのであれば、百一回目を証明することはできない……」

【ク……ハハハッ、そうだ！　お前の旦那の言うとおり、証明できなければ、アントニヌスとウェルスの人生は百回目ということになる‼】

言いにくそうにテオ様が口を開き、悪魔がそれに乗っかろうとするが――

大丈夫ですわよ。安心なさって！

「時間回帰は、誰かが主軸にならなくてはおこなえませんわ」

「主軸になった者が覚えていれば、百一回目を証明することができる。しかし……」

テオ様の目に一瞬希望の光が灯るが、すぐに消えてしまう。

「イザベル様、その者を見つけ出さなくてはならないのでしょう。そんな時間があるとは思えないわよ」

皇后様が、悪魔を牽制しながらこちらへやってくる。

【ヒヒッ、今すぐアベラルドの魂を喰らい、全員殺せばそんな奴いてもいなくても、オレには関係ねぇんだよぉ】

そう、ヘラヘラ笑う悪魔の前で、わたくしはカツーンともう一度ヒールを鳴らす。

「わかっておりませんのね。何故、わたくしが時間回帰という概念を持ち出せたのか」

【……まさか】

「そのまさかですわよ」

わたくしの口の端が上がるのと同時に、悪魔がブルブルと震え始める。

【ぁ……、あ……っ】

「わたくしこそが、その主軸。そして前の人生、『覚えておりますわ』」

【ああぁぁぁぁぁ!!】

言った瞬間、悪魔が絶叫し逃げ出した。

「逃げられると思っていて?」

わたくしの言葉と同時に、テオ様の剣が悪魔の前方に突き刺さる。途端に床が氷に覆われた。氷霧が発生し、パキンッ、パキンッとひび割れる音が耳に届く。

【う……あ……いや……いや、違う。オレは、何回不幸にしろとは言っていない！　お前が言っていただろう！　そうだ！　百一回目の転生だろうが違反にはならない！】

焦っていた悪魔は契約違反にはなっていないと、気持ちを立て直し、バカにしたように笑い出す。

「あなた先程、百回不幸にする契約だと認めましたでしょう。わたくし聞きましたわよね。『アベラルド様の手で百回不幸にすること』でしたわよね。と」

【違……っ】

「もう少し、お話に付き合ってくださらない？」

【嫌だ……っ、やめろ……っ】

「あなたは本来、一度でも不幸にすれば終わっていた契約を、曖昧《あいまい》な表現だったせいできちんと認識できていなかったアベラルド様につけこみ、自身の欲を満たすために自ら、百回アントニヌス帝とウェルス様を不幸にしろ、という契約に変更してしまったのよ。互いが認識した時点で契約は結ばれますもの。それまではきっと、仮の契約のような状態だったのでしょうね。だけどそれが裏目に出ましたのよ！」

【やめろ……っ、やめろ……！】

「わたくしの問いで、ずっと勘違いしていたアベラルド様と、曖昧《あいまい》にしていたあなたの認識が一致したのでしょう」

【言うな……っ】

「先程、『アベラルド、あの能天気なガキどもを早く不幸にして、この契約を完遂しろよぉ』と言いましたわね」

【言うな……っ】

「つまり、百一回目なのにもかかわらず、不幸にすることを命令し、そして……ノアとイーニアス殿下を不幸にしましたのよ!!」

泣きじゃくるノアとイーニアス殿下を指差し、名探偵さながらに悪魔を追い詰めていく。

さぁ二人とも、出番ですわよ！　やっておしまいなさい!!

「うぅ……。わたしは、いま、とってもふこうなのだ……っ」

「ぐす……っ、わたちも、いま、とってもふこお、よ……っ」

「朕も……不幸なのだぁ……っ」

いえ、皇帝陛下はいいから。

【アアァァア……!!】

悲鳴を上げ、青黒い炎に包まれた悪魔。その悪魔にとどめの一撃とばかりに、人差し指をビシッと向け、胸を張って思いっきり顔を上向きにして言ってやりましたわ！

「これでわかっていただけたかしら？　これは正真正銘、『契約不履行』ですわ」

【っ……消滅……するのか？　このオレが……、女子供にはめられて……っ、嘘だ……嘘だぁ……あ……嗚呼《ああ》ァァァァ──……】

ジュ……ッ。

最後に蒸発したかのような音を立てて消えた悪魔。

すると、さっきまでグスグスと泣いていた子供たちが手で涙を拭い、口を開いた。

「ぐす……っ、わたしたちのかちだ！」

「ずび……っ、わたちたち、かちよ‼」

そうして勝ち誇ったように鼻をすすったのだった。

第七章　三兄弟の絆《きずな》

「ノア！」

悪魔の消滅を確認してすぐ、愛しい息子に駆け寄る。凍りつき砕け散った床にヒールを取られそうになりながらも、必死でノアの名前を呼べば――

「おかぁさま！」

ノアが涙と鼻水でぐちゃぐちゃになった顔で、手を伸ばし抱きついてきたではないか。小さな手を必死に首に回して離すまいとするノアに、愛しさが募《つの》る。

「ノア……っ、よく頑張りましたわ！」

「ずびっ……、はい！　わたち、おかぁさまのきちよ！　おとぅさまと、おやくしょくちたの‼」

「お父様と？」

後ろからやってきたテオ様が、神々しい微笑みを浮かべ頷いた。

「わたち、おかぁさまのきちとちて、ちゅよくなるのよ！　しょれで、おかぁさま、かえってくるの、まちゅますって！」

「まぁっ」

離ればなれになった数日の間に、わたくしの可愛い息子は可愛さも頼もしさもパワーアップしていたのだ。

感動に打ち震えていると、テオ様がわたくしたちを抱きしめて「無事でよかった」と囁くものだから、涙が込み上げましたわ。

「ノア、テオ様、ご心配をおかけしました……。わたくしを信じてくださって、ありがとう存じますわ」

妖精通信で連絡を取った時、テオ様はこちらに来ると言ってきかなかった。悪魔撲滅作戦の一部をお伝えしてなんとか思いとどまってくださったけれど、あの時二人がわたくしを信じてくれたから、全て上手くいきましたのよ。

「テオ様、勇敢に悪魔と戦うお姿、とても素敵でしたわ……。わたくし、惚れ直してしまいました」

「ベル……っ」

「おかぁさま、わたちは？」

「ノアも、ここで悪魔に立ち向かった時の姿、とても凛々《りり》しかったですわ！　さっきの、悪魔を倒したノアがとても可愛い……いえ、かっこよくて、お母様、とっても誇らしいわ！」

「うふふっ、わたち、かったのよ！」

「そうですわね！」

ハンカチでノアの顔を拭いながら、目一杯褒めてあげる。その隣ではイーニアス殿下が同じように皇后様に顔を拭われている。皇帝陛下はというと……、床に手をつき、未だに泣いていた。

「皇帝陛下、皇后様、そしてイーニアス殿下、ご協力いただきありがとう存じます」

皇帝ご一家にお礼を言う。皇后様はイーニアス殿下を優しく見つめ、頭を撫でたあと、口を開いた。

「本当、どうなることかと思ったわ。でも、イザベル様を信じてよかった！　それに……さすがアタシの息子よ！　よく頑張ったわね、イーニアス！」

「ははうえ、くすぐったいです」

息子に頬擦りする皇后様は幸せそうで微笑ましいわ。

「イザベルふじん。きょうりょくをあおいだのは、わたしだから、おれいはわたしが、いわねばならない。ディバインこうしゃく、イザベルふじん、ノア、ありがとう」

やっぱりイーニアス殿下はしっかりなさっていますわね。まぁ、今度は皇帝陛下を慰《なぐさ》めているわ。

「ちちうえ、なきやんでください。こんどは、わたしといっしょに、おしろをつくりましょう」

まあっ！　なんていい子なのかしら！

「ベル」

テオ様の目配せで、ウィルとアベラルド様のことを思い出す。

青黒い炎に包まれて消滅した悪魔に、アベラルド様は茫然自失だ。そして、そんなアベラルド様にウィルは声をかけたいのにかけられないという感じで、唇を震わせていた。

話しかけづらいのもわかるけれど、二人にはきちんと話をしてもらいたいわ。

「……ウィル、アベラルド様にお声をかけてあげてくださいませ」

「イザベル……」

「なにを躊躇《ためら》っているのですか？　悪魔は消滅し、あなたはアベラルド様を守ることができたのですよ。あなたの全てをかけて守ろうとした大切な方でしょう？　千五百年も、ずっと離れずにいた方なのでしょう？」

わたくしの言葉に、ウィルは泣きそうな顔をしてアベラルド様のそばに行き、やっと話しかけた。

「っ……あ、アベル！」

「……オレ……、オレが兄上たちを、ずっと苦しめて……っ」

「違うの。アベルのせいじゃない！　悪魔がそうするように仕向けたの!!　それにね、アントニヌスもウェルスも、もう大丈夫だから」

「ウィル……」

「アベルも、悪魔の契約から解放されたの！　だから、泣かないで笑ってよ」

「でもオレ……っ」

ずっと騙《だま》されて、大好きなお兄様たちを不幸にしてきたアベラルド様は、ご自分を責めているのだわ。

「ちょっとよろしいかしら」

二人の会話を邪魔するのは悪いと思ったのよ。でもね、これだけは言いたいの。

「アベラルド様、詐欺師は皆、騙《だま》される方が悪い、なんて言ってきますけれど、そんなわけありませんでしょう。騙《だま》す方が悪いに決まっておりますわ！　騙《だま》された方は一ミリも悪いところはございません!!　そもそも、騙《だま》す者が駆逐《くちく》されれば、騙《だま》される人はいなくなるのですもの。騙《だま》される方が悪いなんて、悪事を働く人の言い訳に過ぎませんわ!!」

アベラルド様とウィルは、ポカーンとしてわたくしの話を聞いている。

いやですわ。つい熱が入ってしまいました。

「ですので、アベラルド様に責は一切ございません！　そうですわよね。イーニアス殿下、ノア」

いつの間にか、わたくしのスカートの広がり部分に隠れるようにしていた二人が、ひょっこりと顔を出す。

「っ、兄上……」

「アベラルドさまは、わるくない！」

「わるいのは、あくまよ！」

そのとおり、悪いのは嘘を吐いて追い詰め、じわじわと洗脳までした悪魔ですわ！

「アベラルドさま、ぶじでよかったのだ」

「がんばったの。いいこよ」

二人のその言葉を聞いて、アベラルド様は堰《せき》を切ったように泣き出した。

「アベラルドさまは、いいこだ」

「よちよち」

ノアとイーニアス殿下がアベラルド様を抱きしめ慰《なぐさ》めている姿に、三兄弟の絆《きずな》が見えた気がして、目頭が熱くなった。


「ししょ、わたしは、やくそくをはたせたか？」

しばらくしてアベラルド様が落ち着くと、イーニアス殿下は胸を張り、ウィルにドヤ顔を向ける。可愛らしい仕草と表情に、くすりと笑いが漏れた。

「はい……、はい……っ。イーニアス殿下、ありがとうございます……っ」

涙を堪えていたウィルは、その言葉にボロボロと涙を流し、何度も何度も頷いた。イーニアス殿下は満足そうに微笑む。

「わたしはうみをすべる、かいぞくになるのだからな！　あたりまえのことを、しただけなのだ」

「アスでんか、ずるい！　わたちも!!」

やっぱりブレないお子様たちだわ。育て方、間違っていませんわよね？

「さぁ、皆。涙を流して疲れたでしょう！　水分補給がてら、イザベル様が持ってきてくれたスイーツをお茶請けに休憩しましょう！　イザベル様には色々聞きたいこともあるしね！」

一旦話が落ち着いたところで、皇后様がそうおっしゃったので、遠慮なくお茶をいただくことにした。

とはいえ、皇帝陛下の私室は悪魔との戦いでボロボロになっていたので、部屋を移る。模型が壊れたことにあれほど打ちひしがれていた皇帝陛下だが、部屋がボロボロになったことは気にならないようで、「早速明日から、イーニアスと模型を組み立てるのだ」と張り切っておられたわ。

「――それで、『時間回帰』というものを詳しく知りたいのだけど」

聞かれると思いましたのよ。テオ様も気になっているご様子だけど、皇后様のようにぐいぐいきませんわ。どうしたのかしら？

「自分でも、どうして回帰の主軸に選ばれたのかわかりませんの。ただ、同じ時間を歩んだという記憶が最近になって蘇《よみがえ》ったのですわ」

きっかけは、テオ様との結婚でしたの、と説明すると、テオ様は「だから私に取引を持ちかけたのか……」と納得していた。

本当は前世の記憶のおかげなのだけど、そこは話す必要はないですわよね。

「一回目は、悪魔のせいでノアとイーニアス殿下以外は皆亡くなっておりましたし、隣国と戦争が起こっておりましたので、それはもう悲惨と申しますか……。本当に、ウィルが時間回帰をしてくれなければどうなっていたかわかりませんわ」

当のウィルは困ったような表情をしている。

「イザベル、さっきも言ったように、私はそのことについて話せないから……その」

しどろもどろになる彼に皆が注目する。子供たちと妖精たちは、大人チームとは離れた席で、スフレパンケーキやドーナツに夢中になっているため、この話は聞いていない。

聞かせられるわけがありませんもの。

「ええ。わかっておりますわ。ですが、どうしてわたくしが主軸に選ばれたのかも、教えていただけませんの？」

「ごめんなさい……」

ウィルはシュンとしたまま、お菓子にもお茶にも手を付けようとしなかった。アベラルド様も同様に、お茶すら口にしない。

「お二人とも、甘いものはお好きではありませんか？」

お二人の様子に首を傾げると、今まで黙っていたアベラルド様が躊躇《ためら》いがちに口を開いた。

「悪魔が消滅し、悪魔から借りていた力の一部も失った。そろそろ、オレも終わりが近い。食い物は、口にできそうもないから……。せっかく用意してもらったのに、ごめん」

え……

「そうか。予想はしていたが……」

「別人の身体に憑依《ひょうい》することは、魂に負担がかかりそうだものね……」

テオ様と皇后様は予想できていたらしく、やっぱりといったように頷いていたけれど、わたくしと皇帝陛下は動揺してしまった。

「そ、そんな……っ、アベラルド様は、ダスキール公爵として生きていくものとばかり思っていたのだ……」

皇帝陛下の言葉に、わたくしも大きく頷く。

「……この身体の魂は、娘によって悪魔の生贄《いけにえ》として捧げられたから、いわば死体だ。悪魔が消滅した今、維持するのは難しい。それに……他人として生きていくのは、オレがもう、嫌だしな」

オリヴィア様……っ、話には聞いていたけれど、まさか本当に父親を悪魔の生贄《いけにえ》にするなんて……

「あわわ……っ、それは朕も嫌かもしれぬ……」

死体と聞いた陛下が、真っ青な顔で震えている。そんな陛下に、アベラルド様が突然頭を下げた。

「……ネロ、今まですまなかった。オレのせいで、お前の人生を台なしにして……っ」

そうでしたわ……、陛下は、ずっと洗脳されていましたものね。

けれど陛下は首を横に振ると、「……アベラルド様、朕はアベラルド様に助けてもらったから、生きてこられたのだ」と、その目をまっすぐ見ておっしゃったの。

「ネロ、お前……」

「朕の兄たちは、悪魔に洗脳されたわけでもないのに争っていたのだろう？　父上も、母上も、洗脳なんてされていなかった。父上は単に、朕が実の子ではないのではと疑っていたのだろうし、母上も、そんな扱いの朕を避けていた。あのままだと朕は野垂れ死にしていたが、それを助けてくれたのはアベラルド様だった……」

「ネロ……」

「アベラルド様が生きていくための術《すべ》を教えてくれたから、朕は今、愛する者とともにいられるのだぞ！　だから謝る必要などない!!　むしろ、ありがとうなのだ！」

まさか皇帝陛下からお礼を言われるとは思わなかったのだろう。呆気に取られたような顔をしたアベラルド様は、次の瞬間声を上げて笑い出した。

「ははっ、ネロはいつも予想外の行動をする。でも、オレの方こそありがとう。お前がいたから自分を取り戻せたような気がするんだ」

優しい顔で微笑むアベラルド様は、まるで記憶に刻むように、わたくしたちの顔をゆっくりと眺めた。さらに子供たちの方を愛しげに見たあと――

「オレも――」

なにかを呟き、まるで風に舞う雪のように、音もなく消えていったのだ――

突然のことに言葉を失ったわたくしたちに、ウィルが落ち着いた笑みを見せる。

「私も、そろそろいきます。アベルの道案内をしなきゃいけないから」

「道案内って……っ」

どういうこと？　なんで突然消えたんですの!?

「やっと、アベルの魂が巡ることができるの。あなたたちのおかげ……ありがとう」

そう言ったウィルも、ゆっくりと半透明になり、消えていく。

『悲しまないで。またすぐに――』

シン……とした静寂の中、陛下がポツリと呟いた。

「アベラルド様も、ウィルも、笑顔だったのだ」


アベラルド様がやっと、千五百年の人生から解放され、ウィルも消えてしまった。

そのあと、子供たちもわたくしも疲れているだろうということで、解散することになった。

帰りはもちろんテオ様、ノアとともに公爵家の馬車に乗ったわたくしは、門番の方に忘れず、「サプライズは成功しましたわ」と伝えた。テオ様が、なにを言っているんだという顔をしていたので、そっと手を握って誤魔化す。

思ったとおり、ノアは馬車の中で眠ってしまった。わたくしもうとうとしてテオ様の肩に寄りかかってからの記憶がなく、気付けばタウンハウスの寝室で、ノアとともに寝かされていた。

「わたくしったら……、馬車の中で熟睡してしまうなんて……」

そういえば、誘拐されてからきちんと睡眠を取っていなかったわ……。馬での弾丸旅でしたし。

起き上がり隣を見ると、ぷくぷくほっぺをほんのりピンクに染め、すーすーと小さな寝息をたてて、小さなお口からよだれを垂らしている息子が目に入る。

なんて天使な寝顔かしら！

『ベル、目が覚めたんだね！　すぐテオを呼んでくるよ』

『ベル、オキタ！』

『ベル、ヨダレ!!』

あまりの可愛さに胸をときめかせていると、妖精たちが寄ってきて一気に騒がしくなる。

あらあら、賑やかですわね。

平和な日常がかえってきたことに、頬がゆるんだ。

「皆、まだノアが眠っているから静かにしましょうね」

正妖精はテオ様のところに行ってしまったので、アカとアオの口の前に人差し指をちょん、ちょんと持っていき、優しく伝える。

『アカ、シズカニスル！』

『アオモ、シズカニスル！』

『シズカ～』

ん？　今、一人多かったような……？

『ベル～』

可愛らしい声とともに、まるまる太った……いえ、風船のようになったアカとアオの後ろからポンッと現れたのは、白いマッシュルームのような帽子を被った、親指ほどの小さな……妖精？

「もしかして、誘拐された時に付いてきてくれた卵の……」

『フカシター！』

『ベルノヨーセー!!』

『ベル、スキ～』

エェ!?


「それはなんだ……」

しばらくして、正妖精に呼ばれたテオ様が部屋にやってきた。テオ様は、一瞬呆気にとられたあと、そう口にする。

「卵から孵化《ふか》した子なのですが、わたくしの妖精になりたいらしいのですわ」

新入りの妖精から言われたことをそのまま伝えると、テオ様は呆れた顔をしてわたくしを見る。

この顔、久々ですわね。

「君は、人外まで魅了するようだ」

そんなわけはないのだけど、懐いてしまったものは仕方ない。

そういうテオ様も、正妖精とアカとアオ――フロちゃんの妖精をいつの間にか手足のように使っていますけれど。

目が覚めたのなら少し話をしようと言われ、ノアを起こさないよう執務室に移動したわたくししたちは、現在二人きりで隣り合って座っていた。

少し前までは、この大きな机の向こう側とこちらとで対峙していたのに、今では肩を抱かれているのだから不思議ですわよね。

テオ様の眉間には皺《しわ》が寄っていたけれど、わたくしを映す瞳には、愛おしい人に向ける優しさがあった。

そんなとろけた瞳を向けられたら、照れてお顔を見ることができませんわ！

「ベル、怪我をしたと聞いた。ノアの魔力が暴走し、身体が凍ったとも……」

テオ様が辛そうにわたくしの頬に手を伸ばす。心配をかけてしまったのだわ、と申し訳なく思い、猫のようにその手に擦り寄った。

「テオ様、ご心配をおかけして申し訳ありませんでした。怪我は、アベラルド様に治療していただいたので、跡すら残っておりませんの。安心なさって」

「ベル……、私は君が誰よりも大切だ。たとえ怪我が治っても、君が感じた痛みは消えない。頼むから……無茶をしないでくれ」

そう言ってきつく抱きしめられる。テオ様の優しさとわたくしを想ってくれる気持ちが痛いほど伝わってきて、愛おしさが込み上げた。

「テオ様、わたくし、あなたと結婚できて幸せですわ」

「ベル……っ」

正直な気持ちを伝えると、テオ様はわたくしを抱きしめたの。

「私がこんなに、狂おしいほど人を愛せるとは思わなかった……。ベル、こんな私と結婚してくれてありがとう」

本当は……、時間回帰の主軸になり、前世の記憶があることで気味悪がられるかもしれないと怖かった。でも、あなたはそれすらも丸ごと受け止めてくださいますのね。

「テオ様は世界一素敵な旦那様ですわ。こんな、などとおっしゃらないで」

あなたの受けた傷が、治癒魔法で綺麗に消えてしまえばいいのに……

「ああ……、世界一素敵な妻にそう言ってもらえて幸せだ」

そっと額にキスを落とされ目を閉じると、今度は瞼《まぶた》にキスされる。こめかみや頬にもキスをされ、くすぐったさと恥ずかしさが勝ってきた頃、ふいにテオ様がポツリと言った。

「ベル、ずっと思っていたのだが……、君は私になにも望まないだろう？」

え、テオ様？　こんなキスの雨を降らせている途中でなんですの？　逆に恥ずかしくなるのだけれど。

「私は、君になんでもしてやりたいと思っているのに……」

妻を甘やかしたい旦那様は、飼い主の帰りを玄関で待っている犬のような表情をしている。これでも氷の大公と呼ばれ恐れられている公爵様なのに。

「わたくし、テオ様になに不自由ない生活をさせていただいておりますし、のびのびと自由に暮らしておりますわよ？」

「もっと私に甘えてほしい。我儘《わがまま》を言ってくれてもいい。君が望むことは全て叶えよう」

ボールを集めたら出てくる、ドラゴンのようなことを言い出す夫に目が点になる。

「いつも甘えておりますわ……。今回のことだって……テオ様にたくさん助けていただきましたもの」

「妻を守るのは当たり前のことだ。もっと、私にやってもらいたいことはないのか？」

突然そんなことを言われましても……あ。

「一つだけありましたわ！」

「なんでも言ってくれ」

両手で肩を掴まれ、顔を覗き込まれる。

テオ様ったら、必死ですわね。でも……叶うことなら――

「いつか、テオ様の心の傷が薄くなったら……、ノアに弟妹をつくってあげたいのです」

わたくしの言葉に、今度はテオ様が目を点にした。鳩が豆鉄砲を食《くら》ったような顔をしている。

そんなに衝撃的なお願いでしたかしら……

「っ……なんてことだ……君は……、私がまだ、君に触れられないと思っているのか。だからいつまでたっても……」

「え？　いえ、そんなことは思っておりませんわ。実際、肩を抱いたり、キスは……平気になっておりますものね」

　こんなことを言葉にするのは恥ずかしいのだけど。

「でも、女性はまだ苦手ですわよね？」

「確かに女性は永遠に無理そうだが……ベル、君は別だ」

　テオ様はなにが言いたいのかしら？　わたくし、もしかして言ってはいけないことを言ってしまった……？

「『いつか』ではなく、君が望むなら、すぐにでも叶えよう」

　へ？

「そうと決まれば、しばらくノアには一緒に眠ることを遠慮してもらわなくてはな。どう言って遠ざけるか……」

　ちょ、はい？

「ベル、そんな可愛い願いなら、もっと早く言ってくれ」

　そうおっしゃったテオ様はその夜、狼になった、とだけ言っておきますわ。

◇　◇　◇

「奥様、最近さらに光り輝いているわよね！」

「元々お美しい方だったけど、さらに美しさが磨かれたって感じね！」

「旦那様が溺愛なさるのもわかるわ〜！」

最近、公爵家の洗濯場での話題はもっぱら、美しさを増したという邸《やしき》の女主人のことだ。洗濯女たちは辛いはずの水仕事もきゃっきゃとはしゃぎながらおこなっている。仕事環境が大幅に改善され、余裕ができたこともあるのだろう。

「あなたたち、無駄話していないで、早く洗濯物を干してしまいなさい。そんなことでは、次の昇格試験に挑戦させられませんよ」

「「それは嫌です!!　申し訳ありません！」」


雲一つない青空に、真っ白なシーツがはためくコントラストが美しい。だが、そのシーツが夫婦の寝室のものだと思うと恥ずかしさが込み上げてくる。仕事を楽しみながら働いてくれるのは嬉しいのだけれど、会話がわたくしのことだと思うと……

テオ様が狼になって数ヶ月。あれから、テオ様はほぼ毎日狼になっている。今まで抑制されていたものが爆発したのかしら……とぼんやり考えながら、可愛い息子がお勉強している様子を遠くから眺めていると、ミランダが手紙を持ってきてくれた。

「オリヴァーからの手紙だわ！」

「帝都のアカデミーが間もなく長期休暇に入りますので、そろそろ領地に戻ってこられる頃合いですよね」

「まさにその手紙よ。こちらにも顔を出すって書いてありますわ」

弟に久々に会えるとわかって、テンションが上がってしまった。ノアが勉強中なのだから、もう少し静かにしないと、と思うのだが、手紙を読み進めると、もっと気分が上がってしまった。

「まぁっ、フロちゃんも連れてくるそうよ！　妖精たちとノアが喜ぶわね！」

「それでは、お出迎えの準備を指示しておきます」

「よろしく頼みますわ。こちらに来るのは、一週間後ですって」

◇　◇　◇

「お姉様、お久しぶりです」

「オリヴァー！　しばらく見ないうちに背が伸びて！」

目元以外はお母様似の中性的なままなのに、いつの間にか背が伸びてわたくしに追いついていた弟にびっくりする。

男子、三日会わざれば刮目《かつもく》して見よという言葉もありますけれど、十四歳ですものね。成長期ですわ。

「もうすぐお姉様の背を追い越せますすね」

「本当に、こんなにちっちゃかった子が……」

膝のあたりに手をやっていると、「そんなに小さくありません！」と怒られた。

ノアくらいの時期のオリヴァーを思い出していただけでしたのに。

シモンズ伯爵家のために作らせた新型馬車でやってきた弟は、一年前のみすぼらしい格好とは違い、伯爵家らしい上品な装《よそお》いに変わっている。

オリヴァーも、三着しかない服を着回しておりましたものね。あのテロテロになった服……毛玉の取りすぎで、変な光沢が出ておりましたもの。

公爵邸の大きな玄関ホールで出迎えたわたくしは、元気そうな弟の姿にほっと息を吐いた。

「フフッ、長距離の移動で疲れたでしょう」

「それが、お姉様が開発した新型馬車の乗り心地がよくて、全然疲れませんでした！　ベッドにもなるので、フローレンスもお気に入りなんですよ！」

新型馬車の感想を嬉しそうに教えてくれる弟は、いつかのテオ様と同じ顔をしていた。

男の人は皆乗り物が好きですのね。

「それはよかったですわ。ドニーズさんとフロちゃんはどこかしら？」

「ドニーズは今、荷降ろしを手伝ってくれています。フローレンスは、サリーが抱っこして後ろを歩いていたはず……」

玄関から外を見ると、お花が咲き乱れる庭でサリーの腕の中、蝶々に手を伸ばしているフロちゃんの姿が見えた。思わず顔がほころぶ。

「サリー、フロちゃん！」

呼びかけると、わたくしの顔を見た途端、「よーてーたん！」と嬉しそうに笑うフロちゃん。ドニーズさんも荷降ろしを終えたのか、使用人や御者たちとともにこちらに向かってくる。目が合うと会釈《えしゃく》をしたので、一応公爵夫人として、優雅に微笑んでおいた。

「さぁ、皆お疲れでしょう。応接間にお茶を用意しておりますわ。くつろいでちょうだい」

隣の領地から来たとはいえ、数日前にも帝都からシモンズ伯爵領に向けて長距離を移動している。まだ疲れが残っているであろうオリヴァーたちを、応接間に案内する。しばらくして、テオ様とノアもやってきて挨拶を交わした。

「おりばーおじさま、はやく、あしょびまちょ！」

ノアは案の定大喜びでオリヴァーを遊びに誘っていた。オリヴァーも嬉しそうに応えて、おもちゃ遊びに付き合ってあげている。それを眺めながら皆でお茶を飲んでいると、フロちゃんがよちよちと近寄ってきた。

「よーてーたん、らっこ！」

「こ、こらっ、フローレンス！」

ドニーズさんが慌てて止めようとするが、こんな可愛いお願いを聞かないわけにはいかない。

「まぁ、フロちゃんを久しぶりに抱っこできるのね！」

抱き上げ、膝の上に乗せると、前よりも少し重くなった気がして、成長しているのねぇとしみじみした。

「おかぁさま、わたしも！　あとでだっこ、して？」

『わたち』から『わたし』と発音できることが増えてきたノアは、フロちゃんを抱っこしている光景を見て羨《うらや》ましくなったらしい。

「もちろんよ！」

最近あまり抱っこをねだってこなくなっていたから、かなり嬉しいですわ。

前はフロちゃんとわたくしを取り合っていたのに、にこにこと笑って、フロちゃんに譲ってあげる息子は、確実に成長している。

「よーてーたん、ぽんぽん、きえー！」

「え？」

フロちゃんが突然、わたくしのお腹を見て目を輝かせた。

「まんまりゅ、きあきあ！　よちよち」

その小さなおてて、わたくしのお腹をなでなでする。触れられたところがふわりと温かくなった気がした。

「フロちゃん……？」

「よーてーたん、ぽんぽん、まんまりゅ、きあきあ!!」

わたくしになにかを伝えようとしているが、いまいちわからない……

『ベル！　フローレンスが、ベルのお腹の中に丸くてキラキラしたものがいるって言ってる!!』

『フロ、スコシダケ、イヤシノチカラ、ナガシタ！』

『フロスゴイ!!　モウ、イヤシノチカラ、ツカエル!!』

妖精たちが周りに来て大騒ぎし始める。

「ベル……っ」

テオ様はなにかに気付いたように立ち上がり、ウォルトもハッとして、「医師を呼んで参ります」と言って部屋から出ていった。わたくしとノア、オリヴァー、ドニーズさんは首を傾げている。

「いいこ、いいこ。きあきあ」

いいこ……？　え、フロちゃん、もしかして……っ。

「……わたくしのお腹に、赤ちゃんがおりますの？」

「エェェ!?　お姉様に子供がァァァ!?」

「ウチのフローレンスにそんな力が!?」

弟とドニーズさんの絶叫が響き渡る中、慌ててやってきた医師のムーア先生が診察してくれる。

ウォルト、いくら緊急事態でも、先生はもうお年なのだから、走らせてはいけませんわよ。

ムーア先生に診察していただいている間、頭をよぎったことがある。

前世で読んだマンガ、『氷雪の英雄と聖光の宝玉』。前前世の人生が描かれていたもの……。どうして前前世が前世でマンガになっていたのかはわからないけど、今世でマンガの記憶が役立ったのは確かだ。おそらく、ウィルや神々がわたくしに見せたかったものなのだろう。だから、本のタイトルにも意味があるのではないかと思っていた。

あのタイトルは、ずっとノアとフローレンスのことだと思っていたのだけれど、実は違うのではないか。氷雪の英雄がノアを指していることは間違いないだろう。けれど聖光の宝玉は聖女であるフローレンスではなく……、先程フロちゃんが言っていた、丸いキラキラ……

丸いのは、玉。キラキラは、純粋な魂の輝きのことだと考えた場合、聖光の宝玉は赤ちゃんだという捉え方ができるのではないか。だって赤ちゃんなら、母親にとっては宝物。宝玉だ。それに、汚れのない魂を持っている。この考えは、奇をてらったものだろうか。

しばらくして、予想どおり妊娠が判明し、テオ様に絶対安静を言い付けられたのだけど……

過保護すぎませんか？

「――奥様、一般的には妊娠が判明しましたら、運動は一切せず、お食事をしっかりと取ることが大事と言われております」

眠くもないのに、昼間からベッドに寝かされたわたくしに、ミランダが妊娠判明後の心得を教えてくれたのだけど……、確かに妊娠初期はあまり激しく動いてはだめだと聞くけれど、安定期に入ってからは適度な運動は必要で、体重もあまり増やさない方がいいと聞いたことがある。前世の友人は、十キロ前後の体重増加までに抑えないといけないって言っていたような？

「あのね、ミランダ。妊娠初期は確かに運動は控えた方がいいらしいのだけど、安定期に入ってからは適度な運動は必要だと思うわ」

「いけません！　もし、なにかあったらどうするのですか⁉」

過保護になっているミランダに、これは、妊娠についてちゃんとした知識を広めないといけませんわね、と心の中で決意したのだった。

エピローグ

コンコンッ、と軽く、小さなノック音がする。わたくしはすぐ反応し、読んでいた本から顔を上げた。

「おかぁさま、おじかんよ」

予想どおり、息子が扉を開ける。さっきまで自分の部屋でお勉強を頑張っていたノアは、父親から貰った懐中時計を手に、扉の隙間からひょっこりと顔を出していた。まるで小動物が隙間からこちらを窺《うかが》っているみたいな可愛らしい姿にクスッと笑いが漏れてしまった。

「もうそんな時間ですのね」

「はい！　おちごと、おわりよ」

「フフッ、はい。ノアの言うとおりにしますわ」

「しょう。おかぁさま、いいこ。よちよちよ」

仕事をしていたわけではないのだけれどね。

テオ様の真似をしているのだろう息子を微笑ましく思いながら、本を閉じて立ち上がる。

先日、テオ様やミランダらに『妊娠についての正しい知識』という本を作り渡したのだが、どこからかノアが小耳に挟んだらしく、「おかぁさま、うんど、しゅるのよ！」と言い出し、庭に連れ出してくれたのだ。

もちろん可愛い息子とお散歩を堪能し、幸せ気分だったのだけれど、それを知ったテオ様がノアに突っかかり、いつもの言い合いになった。その後どうしてそうなったのかわからないのだが、二人との運動の時間を決められてしまったというわけだ。

運動といっても、公爵邸の広大な庭を散歩するだけなのだけどね。

「きょお、わたちと、おかぁさまで、おさんぽ！」

「あら、お父様は？」

「おちごとよ」

いつもは三人でお散歩なのだけど、今日はテオ様がいないらしい。だからなのか、ノアはとてもご機嫌だ。

「では、今日はノアとお母様でデートですわね」

「はい！　でえと、うれちぃ」

最近気付いたのだけれど、「わたし」の「し」が「ち」になる時のノアは、わたくしに甘えているのだ。発音を矯正してくださっている先生によれば、ノアの呂律《ろれつ》のつたなさは精神的なものが大きいとのことだったから、わたくしを母親と思って甘えているのだと思うと、嬉しかった。

「おかぁさま、おててちゅないで、ください」

「ええ。おててを繋ぎましょう」

一年前と比べて成長しているとはいえ、まだまだ小さなおてては庇護欲をそそる。わたくしの心を穏やかにしてくれるのは、子供ならではの高い体温か、それともこの子の笑顔か。

そのどちらもですわね。

張り切って庭に向かうノアのつむじを愛おしく思いながら、手を引かれ歩き出す。

「わたちね、おにいちゃん、なるでしょ」

「そうですわね。ノアはどんなお兄ちゃんになりたいかしら？」

「やさちぃおにいちゃん！」

「ノアなら、間違いなく優しいお兄ちゃんになりますわ」

わたくしは、まだ全く膨らみのないお腹に手を当て目を細める。

「アスでんかみたいな、しゅてきな、おにぃちゃんよ！」

「ふふっ。イーニアス殿下はノアの目指すお兄ちゃんですのね」

「しょう！」

そんな他愛のない未来の話を、美しい庭を歩きながらするこの時間が、愛おしくて幸せだ。

「どういうことだ」

そんな時間に水を差したのは、わたくしの愛しい人の声で……。

「リビングで待っていたのに、いつまで経っても来ないから様子を見に来たが、何故先に散歩をしているんだ」

え？

いつも冷静沈着なテオ様が珍しく息を乱してやってきたと思ったら、予想だにしなかったことを言うではないか。

「テオ様、お仕事ではありませんでしたの？」

「誰がそんなことを……、ノア、まさかお前が」

「おとぅさま、おちごとちてて、だいじょぶよ」

「なんだと……」

まぁっ、もしかしてノアったら、わたくしと二人で散歩したくてテオ様を置いてきてしまいましたの!?

「散歩は必ず三人でスると決めたばかりだろう」

「おとぅさま、おいしょがちぃ」

「忙しくない」

いいえ、テオ様、それは無理がありますわ。毎日仕事が山積みではないですか。

「おかぁさま、わたちとふたり、おさんぽしゅきよ」

「ベルは私と二人きりでの散歩が好きだ」

テオ様とノアの間で、火花が散っておりますわね。この二人、顔を合わせる度に言い合いしているのよね……。ある意味、父子のコミュニケーションなのかしら。

「二人とも、いつも言っておりますが、わたくしは二人とお散歩もお出かけもしたいですわ」

二人の間に入って言い争いを止めるのは、もう何度目だろうか。

「今回はベルの顔を立ててなかったことにしよう」

テオ様も大人になったらしい。いつもならもう少し言い合いが続くのだけど、今回はすんなり収まりそうだ。

「こんかい、だけよ」

「ぐっ」

ノアの思わぬ一言に、テオ様が唸る。

その様子がおかしくて……っ。

「もうっ、二人とも面白すぎますわ！」

「おかぁさま、おもちろい？」

「ええ、とっても！」

「うふふっ、わたちも、おもちろい！」

噴き出したわたくしにつられるようにノアも笑い出す。するとテオ様の表情が和らいで……

「あっ、おかぁさま、みて！　あしょこ、おかぁさまのおいろちた、おはなっ」

息子が指差した先には、紫の小さなお花が風でダンスをするように揺れている。よく見るとその隣には青色の大きなお花と、水色の小さなお花が並んでいて、なんだかとても楽しそうだった。

「美しいな」

「ええ……」

まるで、わたくしたち家族のよう。

「おかぁさま、ちかく、ごいっちょちましょ」

「ならば私がエスコートしよう」

二人して手を差し出すものだから、イーニアス殿下の祝福の儀の時を思い出してしまいましたわ。

「二人とも、わたくしをエスコートしてくださる？」

満面の笑みを見せる父子に、今日の風は一際優しく頬を撫ぜ、花を揺らして、小さな小さな春の芽吹きを告げるのだろう。

皇帝のクッキング

「この黒いジャム、美味しすぎるのだ！　ディバイン公爵！　是非、レシピを教えてもらいたいのだが……ダメだろうか？」

ダスキール公爵、いや、悪魔から逃れ、マルグレーテとイーニアス、そして皇帝たる朕の三人でディバイン公爵に保護されたあと、彼の邸《やしき》にやってきた時のことだ。

ここで出されたお菓子が、どれも見たことがない不思議なもので、中でも黒いジャム……『あんこ』というらしいのだが、それを使ったお菓子はこの世のものとは思えぬほど絶品だったのだ。朕の可愛いイーニアスも、愛しいレーテも、このお菓子を気に入っているようだし、可能なら是非レシピを教えてもらいたい。

皇宮に帰ったら、二人に作ってあげたいのだ。

「妻と、うちのパティシエが大丈夫なら、私は問題ありません」

無表情でそう言うディバイン公爵が、ちょっと怖い。朕は彼を怒らせるようなことをしただろうか？

「う、うむ。ディバイン公爵夫人、是非レシピを教えてもらいたいのだが、どうだろうか？」

「わたくしは構いませんが、一度作り方を見ていただかないと難しいかもしれませんわ。なにしろ今までにない食材を使用しておりますので」

ふむ。確かに作る工程を見せてもらわねば、美味しくできないかもしれないのだ。

「皇宮のパティシエを派遣していただければ、お教えすることも可能ですが」

「いや、皇宮のパティシエではなく、朕に教えてくれぬか」

「え⁉　陛下にですか⁉」

ディバイン公爵夫人が目を見開いた。

驚くのも無理はない。朕は皇帝であるからな。まさか自ら作るとは思わないだろう。しかし朕は、出来損ないと言われ放置されていたため、幼き頃からずっと自分で料理をしていた。実は料理にはちょっと自信があるのだ。

「本当に、よろしいのでしょうか？」

眉尻を下げ、横目でレーテを見るディバイン公爵夫人に、レーテはカラカラと笑い「いいのよ。ネロがやりたいって言っているんだから、なにかあれば本人が責任を取るわ」と言ってくれた。朕も「うむ！」と勢いよく頷く。

レーテは朕のことをよくわかっているのだ！　さすが朕の愛する人なのだぞ。

「それでは、パティシエに話を通しておきますわ」

「感謝する！」

といっても、公爵家に長居するわけにもいかないので、すぐパティシエが作り方を教えてくれることになった。

ディバイン公爵夫人とともに早速厨房《ちゅうぼう》へ移動する。

しっかり覚えて、レーテとイーニアスに美味しいお菓子を作ってやらねばな！

公爵家の厨房《ちゅうぼう》は皇宮のものにも引けを取らぬ広さで、どこもかしこもピカピカに磨き上げられていた。

さすが公爵家に勤める料理人たちなのだ。これぞプロの仕事なのだぞ！

「――夜豆《よまめ》は最初に、水から煮て沸騰させたのち、その茹《ゆ》で汁《じる》を捨てるという下処理をおこないます。この工程は、夜豆の渋味や雑味を取り除く、とても大切な作業で、水の量が少なかったり、煮る時間が短かったりするとあんこが美味しく仕上がらないのでお気を付けください」

「うむ！」

夜豆という拳大の暗い赤紫の豆が、『あんこ』になるらしい。まさに夜空のような色をした豆だ。

「このように泡のようなものが出てきましたら、こまめに掬《すく》ってください。これが残ると雑味が出てしまいますから」

美味しく作るためのポイントを丁寧に教えてもらいながら、朕も一緒に作っていく。

細かい作業はあるが、そこまで難しい工程はないのだな。目の細かいザルと目の粗いザルで漉《こ》すという作業は手間だが、イーニアスとレーテに美味しいあんこを食べさせるためなのだ。手間は惜しまぬぞ。

「砂糖は、甘さ控えめがお好みの場合、夜豆よりやや少ない量に。甘みをしっかりつけたい場合は夜豆と同量か、それ以上を加えてください」

「うむ。イーニアスとレーテは甘いものが好きなのだ」

「では、今回は同量加えましょう」

真剣に砂糖を入れていた時だ。

「ちちうえは、りょうりもできるのだ」

「ネロおじさま、しゅごい！」

可愛い子供たちの声が聞こえてきたではないか。

砂糖をきっちり入れ終わってから声がした方を見ると、朕の可愛い愛息子とノアが、厨房《ちゅうぼう》の入り口からキラキラした目で朕を見ていた。

「あら。ノア、イーニアス殿下、キッチンには危険なものがたくさんありますから、入ってきてはいけませんよ」

ディバイン公爵夫人が慌てて子供たちの方へ向かう。

「イザベルふじん、わかっている。ここからは、はいらないので、どうかここでちちうえのすがたを、みさせてほしい」

イーニアスが……っ、朕の姿を見ていたいと、父親が言われたい言葉トップファイブに入ること
を言ってくれたのだ!! 朕、幸せすぎる!!

「おかぁさま、おねがいちましゅ」

「殿下、ノア……」

ディバイン公爵夫人はシェフとパティシエにアイコンタクトをしたあと、今度は子供たちの侍女
を見て頷き合っている。

そ、それだけで意思疎通ができるのか……！ ここの邸《やしき》の者は皆、特別な訓練を受けているのだ
ろうか？

「承知しましたわ。絶対にここから入ってはいけませんわよ」

「うむ。わかったのだ！」

「はい！」

うむ。子供たちはとてもいい子なのだ！ そして朕のイーニアスは賢い!!

それから、子供たちの視線を感じて緊張しながらも、朕は頑張って『どらやき』という菓子を完
成させたのだ！

「驚きましたわ。陛下は手先が器用であられますのね」

ディバイン公爵夫人が、朕のどらやきを見て褒めてくれた。この菓子の発案者はディバイン公爵

夫人らしい。発案者に褒められるのは嬉しいことだ。

「レーテは褒めてくれるだろうか」

ディバイン公爵夫人が深く頷いた。

「もちろんですわ。皇后様はスイーツがお好きですし、陛下の作ったどらやきはとても美味しそうにできておりますもの」

そうか。レーテは喜んでくれるか！

「ちちうえ、できたのですか？」

「ネロおじさま、できた、でしゅか？」

「うむ！　完成したので皆で食べよう!!」

子供たちが、朕の持つどらやきに歓声を上げる。

「お待ちください！」

しかし、ディバイン公爵夫人の声に、ピタリと二人の声がやんだ。

「子供たちはすでに先程、おやつを食べておりますわ。これ以上は身体に毒です！」

「毒!?　朕の作ったどらやきは、毒になるのか!?」

恐ろしい!!　なんということだ。あんこは一定の摂取量を超すと、毒になるらしい。

「いいえ、そういう意味ではなく、食べすぎはよくありませんということが言いたいのですわ」

「なに!?　そうなのか、びっくりしたのだ……」

ディバイン公爵夫人は紛らわしい言い回しをするのだな。

「ちちうえの、たべられないのですか……？」

イーニアスがしょんぼりしてしまった。

「可愛いイーニアス、食べすぎはよくないのだ。皇宮に帰ったら、また作ってあげるから、楽しみにしているのだぞ！」

「はい！」

ということは、レーテにも食べさせてやれぬか……

「え？　アタシは食べるわよ。だって大人だもの」

朕のどらやきを包んでもらい、ちょっと残念に思いながら応接間に戻ると、当然じゃない、とレーテが手を差し出したのだ。

「ははうえ、ずるいです！」

「わたちも、ほちいの……」

当然子供らは羨《うらや》ましがるが、レーテは大真面目な顔をして言い放ったのだ。

「あなたたちはまだ子供だから、食べられる量が大人と違うのよ」

「皇后様ったら、相変わらずスイーツに対してだけ、なんという大人げのない……」

ディバイン公爵夫人、レーテがすまぬのだ。

その後、城に帰り、ディバイン公爵夫人がくれたレシピを元に試行錯誤して、あんバターサンドを作った朕は、それを食べて少しだけ太ったレーテに逆ギレされることになるのだが、それもまた幸せだからよしとしたのだ。

イルミネーションデート

「というわけで、様々な領地、国から旅人や商人が集まってきており、今や広場には夜店が数多く出店し、毎夜お祭りのような賑わいだとか……」

ウォルトの報告を聞いていたテオ様は、鷹揚《おうよう》に頷くと、わたくしをちらりと見たあと、首を傾げ考え込んだ。

領都の中心地、そこの街路樹で実験的に始めたイルミネーションは、予想を遥かに超えた賑わいを見せているらしい。広場の近くの高台からは、キラキラと輝くイルミネーションと、夜店の明かりが星空のように見えるとカップルに人気で、最近ではそこでプロポーズをすると成功するというジンクスが囁かれている。

「好評なようでなによりですわ。一つ気になったのは、高台までの道程ですわね……明かりもないようですし、足元を照らすライトを設置してはどうかしら？　そうすれば危険も減りますし、よりロマンチックではなくて？」

「なるほど……足元に光ですか。それは画期的かもしれません！　それでは奥様、早速ライトのデザイン画をお願いします」

え⁉　わたくしがデザイン画を描くの⁉

「なにぶん、足元を照らすライトなどございませんので、是非とも奥様にロマンチックなライトをデザインしていただきたいのです」

し、仕事が増えてしまいましたわ……

「わかりましたわ。ですがわたくしは素人ですので、絵師にも手伝っていただきたいの」

「かしこまりました。手配しておきます」

というウォルトとの会話の間も、旦那様は難しい顔をして心ここにあらずのご様子でしたのよ。


「――と、このように地面に埋め込むタイプのライトを作りたいのです。今をときめくポップアートの巨匠であるアーノルドさんなら、素敵なデザインのライトを考えてくれると思ったので、是非依頼したいのですが、お忙しいから難しいかしら？」

絵師といえばアーノルドさん。『おもちゃの宝箱』創立時からお世話になっているこの人なら信用できる。

「いえ！　イザベル様の頼みを断れるわけがありません‼　もちろんお受けしますとも！」

「まぁっ、ありがとう存じますわ！　わたくしは、このような星型くらいしか思いつきませんの」

「ほし、がた？　ああ、絵本にあったものですね！　シンプルなのに光を感じさせる素晴らしい形だとずっと思っていました！」

「まぁ、ホホホッ、ありがとう存じますわ」

こうして、アーノルドさんは足元を照らすライトのデザインを快く引き受けてくれたのだ。

さすがプロだけあり、その場でささっといくつかのデザイン案を描いてくれた。

その中でわたくしが選んだのは、シンプルな球体だが、透明で、中に銅線のようなものを入れて光らせることにより、キラキラと輝いて一つ一つがまるで星のように見えるという、ロマンチックなものだった。

高台に続く道に、これが並ぶと思うと、ウキウキしてきますわね。

早速業者に発注し、サンプルが届いたのは、それから三日後のことだ。

そこからライトが完成し、高台までの道程に埋め込む工事が完了するまでおよそ二週間。皆がとてもスピーディーに動いてくれたと思う。


「ベル……、私と、夜にイルミネーションを見に行かないか？」

テオ様からイルミネーションデートのお誘いを受けたのは、工事が終わってすぐのことだった。

アフターヌーンティーの時間、一家団欒《いっかだんらん》をしていたタイミングで、耳を真っ赤にしたテオ様がわたくしの手を握り、呟いたのだ。

『プロポーズが成功する』――そんなジンクスがある場所へのお誘い……。もしかして、と思うけれど、わたくしとテオ様はもう結婚していますもの。それはありませんわよね。

「テオ様、もちろんご一緒しますわ」

「ベル――」

「わたちも！　おかぁさまと、いりゅみ、ねぇしょ、みりゅのよ！」

お絵描きしていたはずのノアが、いつの間にかそばにやってきて主張し出す。

「イルミネーションも言えぬ子供を、夜に出歩かせるわけにはいかない。お前は留守番だ」

「いえりゅの！　いりゅ、いるみ、ねぇしょんっ」

まぁっ、すごいですわ！　ノアがイルミネーションって言えましたのよ！

「子供は寝る時間だ。連れては行かん」

「おとぅさま、めっ！　わたち、おかぁさまと、いっちょなのよ！」

「ベルと一緒に行くのは私だ」

そんなやり取りは夕食後も続き、テオ様はわたくしを連れて強行突破しようと馬車に乗り込んだのだが、そこにはすでに、ノアがちょこんと座っていたのだ。びっくりした？　とでも言わんばかりの悪戯顔《いたずらがお》をして、うふふっと笑って待っていた。

「フフッ、これはテオ様の負けですわね。ノアも連れて、三人でデートいたしましょう？」

「……はぁ、ベルがそう言うのなら、仕方がない」

こうして、わたくしたちは三人で中心街に向かったのだった。

街路樹を美しく照らすイルミネーションと、出店に吊り下げられたランタンの明かりが、夜だというのに街を輝かせている。あたりはたくさんの人が行き交っていて、しかも大人だけでなく子供の姿もあった。

「わぁっ」

「本当に、夜店がたくさん出ていますのね……」

ウォルトが言ったように、お祭りのようだと、輝く街を馬車から降りて眺める。

「ノア、はぐれてはいけませんから、手を離さないようにね」

「はい！」

繋いだ手をもう一度包み込むと、予想よりも力強く握り返す小さな手にテオ様の血を感じた。

領民の皆に囲まれないよう、変装しているが、それでも目立っている気がするのは、隣を歩くテオ様が美しすぎるせいかしら。髪色は茶色、服装は質素なものにしているのに、お顔が庶民には溶け込んでいませんものね。ノアも……。その点わたくしは、黒髪と庶民の服で完璧に溶け込んでおりますけれど。

わたくしは一人、満足して頷いていた。

「やはりお三人とも目立ちますね、ウォルト執事長」

「いくら髪色を変え、商家風の洋服をお召しとはいえ、お顔がアレではそうなるでしょう」

「庶民の服を着ることで逆に、お顔が際立っている気がします」

「ミランダさんもそう思いますか！　私も、服が顔に負けてるなぁって思ってたんです！　すごい違和感！」

「ご自分は周りに溶け込んでいると思っておられるようですから、奥様の前でそんなことを言ってはダメよ。カミラ」

「はい‼　もちろんです！」

きょろきょろと、どんな出店があるのか、美味しいものはあるのかと、ワクワクしながら歩き出す。

「おかぁさま、おみせ、いーっぱいね！」

目を輝かせ、様々な出店に目移りしているノアが楽しそうに言う。先程馬車の中で、紫のウィッグに手をやりながら「おかぁさまと、いっちょよ！」と嬉しそうにウフフと笑っていたことを思い出し、目を細めてその頭を撫でた。

「そうね。せっかくだから、一つだけノアが気になるものを買いましょうか！」

「はい‼」

子供って目についたものに駆けていきがちだけど、ノアは慎重なタイプなのね。

それにしても、出店の数もすごいけれど、馬車から見かけたように、女性や子供も夜に出歩いていることに驚きましたわ。

「夜は騎士団の巡回を増やしているからな。安心して外出できるようになったと、夜に出歩く者が増えたらしい」

わたくしが女性たちを見ていたからか、テオ様は考えを読んだように答えてくれた。

「そういえば、以前言っていた路地裏の防犯灯は、設置場所を拡大し、今ではこの街の八割に設置が完了している。おかげで犯罪発生率は減少を維持しているそうだ」

青色の光は心を鎮める効果がありますものね。

「それはよかったですわ。もちろん騎士団が巡回していることが、犯罪の減少に大きな影響を与えているのでしょうが、常にその場にいられるわけではございませんものね」

「ベルのおかげで領都の治安もよくなっている」

「あら、わたくしのおかげではございませんわ。テオ様と、皆様の頑張りのおかげですもの」

わたくしはただ、こういったものがあるとお伝えしただけで、それをすぐに取り入れたテオ様の判断こそが、今の領都発展の理由なのですわ。

領都の方々を眺めていると、皆、食べ歩きや、お喋《しゃべ》りを楽しんでいる。

元々活気があったけれど、以前よりも笑顔の人が多い気がするわ。このまま、夜も安心して出歩ける街になっていけば素敵ですわね。

「君は本当に……、幸運の女神だな」

「え？　今なんて……」

「おかぁさま！　わたち、あれがいぃ！」

話の途中だったが、ノアに手を引かれ、出店へ向かった。そうして購入したのは、焼バナナだった。

バナナは珍しい果物で、この世界では帝都の市場で見たきりだったが、まさか自領の屋台で焼バナナとして売られているとは思わなかったわ。

「おいちぃの！」

「よかったわね」

フフッ、小さなお口で一生懸命食べているけれど、きっと、バナナ一本は食べきれないでしょうね。

案の定、食べかけをカミラに預けたノアは、口と手をベトベトにしながらも「おいちかったの。おかぁさま、ありがと！」と可愛いことを言う。濡らしたハンカチで拭いてあげながら、抱きしめたい衝動に駆られたわ。結局抱きしめたのだけども。

「ベル、高台にも登ってみよう。君が考えた足元を照らすライトを見てみたい」

テオ様がそう言い出すが、さすがに小さなノアが高台へ登るのはキツいのではないかしら……

「ノアは私が抱いて上がろう」

「え？　テオ様が？」

「ああ」

すると、片腕でノアを抱き上げたテオ様は、もう片方の手でわたくしの手を握ると歩き出したのだ。

え、テオ様が、ノアを率先して抱き上げましたわ⁉

後ろを付いてくるカミラやミランダ、ウォルトも唖然《あぜん》としている。ノアはキョトンとしていたが、すぐに高くなった視線で景色を楽しみ出した。

子供って切り替えが早いのよね。

呆気に取られている間に人混みを抜けて馬車に乗り込み、気付くと高台の麓《ふもと》にいた。

中心街から高台までは距離があるのだけれど、その二キロ程度の道をイルミネーションが照らしている。出店は中心街から離れると途端に減るが、その静けさがデートにはもってこいらしく、馬車で通り抜ける間にも結構な数のカップルがイチャイチャと通りを歩いていた。

この世界の人は皆、二キロなんて余裕で歩ける足腰の強さを持っておりますわ。

高台の麓《ふもと》はイルミネーションの終点なので少し暗いが、そこから足元を照らすライトが頂上に向かって一直線に、キラキラと煌《きら》めいている。

思ったとおり、ロマンチックな光の道ですわね。

「なかなか美しいな……」

「ええ。我が家のお庭も、このように照らすと夜にお散歩できそうですわね」

「早速ライトを発注しておこう」

そんな話をしながら登る高台は、わたくしに登山気分を味わわせてくれた。

ドレスにヒールで来なくてよかった。

頂上付近に差し掛かると、球体のライトが並んでいた中に一つだけ、星型のものがあった。

星型を発注した記憶はないのだけど……と、首を傾げていると——

「あっ、えほんのおほしさま！」

ノアが嬉しそうに声を上げたのだ。

「星だと？　ああ……、言われてみれば不思議な形だが、球体よりも一際輝いて見えるな。まさに、空に輝く星のようだ」

父子が笑い合っている姿を見て、なんだか熱いものが込み上げてくる。

わたくしの後ろでは、ウォルトが同じように涙を拭っていたが、少し遅れてやってきたカミラの、「ヒィィ、フハッ、ふぇ～……み、ミランダさん、おいて、いかないでっ、くだ、さい……っ」という声に、感動が薄れてしまったらしく、溜め息が聞こえた時には笑いそうになったわ。カミラったら、運動不足ですわよ。

やっと登りきった高台の頂上から見る景色は、人気が出るのもわかる絶景だった。

上を見れば満天の星が輝き、街を見下ろせば、イルミネーションの道が天の川のように煌《きら》めく。

出店の光もまるで星が流れる川のようで……

「綺麗ですわ……」

感嘆の息が漏れた。

「まるで、星の川だな」

テオ様と同じことを考えていたみたい。

「そうですわね……。空から星が降ってきたみたいですわ……」

「ああ……その星降る夜に、私の隣に女神が降りてきたようだ」

え？　女神……？

「いつもは濃紫の美しい女神だが、今日は星を包む夜空の女神だ」

ふぇぇ!?　もしかして、女神とはわたくしですの!?

「おかぁさま、めがみさまよ」

ノアまで!?

「ベル……、私の……いや、私たちの前に降りてきてくれて感謝する」

「おかぁさま、だぁいしゅきよ！」

そう言った二人の頭上を、一際輝く星が流れた。

ちちうえとおとぅさま

「ちちうえが、おやつをつくってくれたから、おやつの時間になったら、ノアにおすそわけしよう。たのしみにしているのだぞ！」

息子にねだられイーニアス殿下の宮にやってきたのは、しとしとと雨の降る午後だった。

もうすぐ雨が上がるのだろうか、先程までの真っ黒な雲ではなく、明るい灰色の雲が空に広がっていた。

雨音が耳に心地よく、殿下の部屋の窓にあたる雫のひと粒ひと粒が、キラキラと輝いて、まるで小さなダイヤモンドのようだ。

「アスでんか、ありがと、ごじゃぃましゅ！」

「うむ。ちちうえのおやつは、とってもおいしいのだぞ」

「うふふっ、たのちみね」

「うむ。とくに、こうしゃくけでおそわった、あんこのおやつは、ぜっぴんだ！」

「じぇっぴん！」

そんなゆったりとした時間に聞こえてくる子供たちの愛らしい声。なんて可愛い会話なのかしら、と思わずニマニマしてしまった。

「イーニアスもノアちゃんも可愛いわぁ」

あら、皇后様もわたくしと同じ表情ですわね。

「激しく同意いたしますわ。それにしても、イーニアス殿下はお父様が大好きですのね」

「そうなのよ。ネロったら本人が子供みたいな性格でしょう。だから子供に懐かれちゃって。そんなところだけは羨《うらや》ましいったらないわ」

「ホホッ、皇帝陛下はお子様の扱いがお上手ですものね」

皇后様もなんだかんだと、皇帝陛下が大好きですわね。

皇帝陛下は幼稚園の先生もできそうだわ、とエプロン姿の皇帝を想像して、つい笑いが漏れてしまった。

「ノア、きょうはなにをして、あそぼうか」

「しょうねぇ……」

子供たちはおもちゃに少し飽きてきたのだろう。違う遊びをしたいと思っているようだが、外は生憎《あいにく》の雨だ。中庭の濡れたブランコを眺めながら、二人でうーん、と考えている。

そんな姿も可愛らしいけれど……二人が楽しく遊べるものはないかしら。せっかく皇宮に遊びに来たのですもの。二人には楽しんでもらいたいわ。

しばらく子供たちと同じように考え込んでいたら、皇后様に生温かい目を向けられてしまった。

イザベル様もたまに子供みたいな時があるわよね、なんて言われて、頬が熱くなりましたわ。

……そうだ！

そんな時、ふと脳裏に閃《ひらめ》いたのだ。

「二人とも、遊びを思いつかないのであれば、お父様についての作文を書くのはどうかしら？」

「さくぶん？」

「おかぁさま、さくぶん、なぁに？」

二人は作文がなにかわからず、首を傾げてわたくしを見上げる。餌《えさ》を待つ小鳥のようで大変可愛らしい。

「作文というのは、自分の気持ちや考えを文章にすることですのよ」

「イザベルふじん。それは、レポートとはちがうのだろうか？」

そういえば、イーニアス殿下はお勉強でレポートを提出することもありますものね。

「そうですわね。レポートは質問に対する答えを書くのに対して、作文は自分の気持ちや感想を書くものですわ。ですから、どちらかというと手紙に少し似ているかもしれませんわね」

「おてがみ！」

「おてがみか！　ちちうえに、おてがみをかけばよいのだろうか」

あらあら、作文が手紙に変わってしまいましたわね。

「二人とも、お手紙ではありませんのよ。二人が普段、お父様に対してどう思っているのか、お父様はどんな人なのか、わたくしたちに教えるように書いてくださいまし」

「わたち、おとぅさま、おかぁさまに、おちえてあげる！」

「わたしもははうえに、ちちうえのことをおしえて、さしあげるのだ！」

「それ、いいわね！　イーニアスが本当はネロをどんな風に見ているのか、正直な気持ちを知りたかったのよ」

わたくしもノアが、父親に対してどんな思いを持っているのか、母親としてきちんと知っておきたいと思っておりましたから、楽しみですわ。

二人は早速紙と羽根ペンを持ち、机に向かっている。

イーニアス殿下は問題ないでしょうけど、ノアはまだ文字の練習中なのよね……かなり書けるようにはなってきているけれど。

「わたちの、おとぅさま、とってもこわいおかおです。いつも、おはなのうえ、シワシワです！」

ノア……。百歩譲って怖いお顔はいいとして、シワシワはやめてあげましょうね。

「わたしのちちうえは、おりょうりが、とってもじょうずです。いつも、たくさん、おやつをつくってくれます。ははうえも、おいしいといって、たくさんたべます。そのあと、ははうえは、ぷくぷくおなかになったのは、ちちうえのせいだといって、プンプンします。ちちうえは、ニコニコして、ははうえのおはなしを、うれしそうにきいていています」

「ちょ、イーニアス⁉　アタシの話はいいのよ⁉」

あらあら、仲のいい夫婦ですのね。子供って、両親のことをよく見ているものよね。

「こわいおかおの、おとぅさま、おかぁさまをみると、ニコニコちます！　おとぅさま、いちゅも『ノア、ベルは、わたちがいちばんしゅき、なんだぞ』って、いうので、『ちがうのよ。おかぁさま、わたちがだいしゅきよ。いちばんなの』って、おちえてあげます」

テオ様、いつもノアに大人げないですものね。

「ちちうえは、いつもわたしとあそんでくれます。わたしのおべんきょうのじかんにも、あそんでくれるので、よくクリシュナせんせいに、おこられています。ははうえにもおこられています」

皇帝陛下……。子供の勉強の邪魔はしてはいけませんわよ。

「アスでんか、ネロおじさま、おこりゃれてる？」

「うむ。でも、ちちうえはおこられても、なかない、つよいこなのだぞ」

「ちゅよいこ！　ネロおじさま、しゅごい」

「ちちうえは、すごいのだ」

なんだか子供たちが皇帝陛下のことで盛り上がっておりますわね。皇帝陛下は本当に子供たちに好かれておりますわ。

「イザベル様、あの馬鹿朕、クリシュナ先生に怒られて部屋を追い出されたあと、アタシのところに来て泣いていたわよ」

皇后様はわたくしに暴露しながらどこか遠くを見つめ、深い溜め息を吐いたのだ。

「……こ、子供の前で泣かない陛下は強い子、いえ、あの……、すごい方ですわ！」

窓を濡らす雨が、皇后様の心の涙に見えた瞬間だった。

上手に褒められなくて申し訳ありませんわ。

「わたちのおとぅさまね、まほー、とくいよ！」

「こうしゃくは、ていこく、さいきょうの、おとこだと、ひょうばんだ！」

「しょう。さいきょー！」

「だが、ちちうえもまけてはおらぬ。ちちうえは、もけいが、とくいだ！」

「っ⁉　ネロおじさま、しゅごい……っ」

ノアは自分の父親の魔法の腕よりも、皇帝陛下の模型の組み立て技術を尊敬しているようだ。

「そう。ちちうえは、すごい！」

あらあら。作文が、お父様を自慢し合う遊びに発展していますわね。

「よかった……」

「え？」

「ネロはずっと悪魔に洗脳されていたでしょう。……アタシね、実は、そんなネロと長い間接していたイーニアスが、心の奥底では父親を怖がっているんじゃないかって……心配していたの」

皇后様はイーニアス殿下を見つめながら呟いた。

「ほら、あの子の誕生日の時、すごく酷い態度だったじゃない」

「それは、洗脳されていたからで、本当の皇帝陛下ではありませんでしたし、不可抗力ですわ」

「そうね。イザベル様の言うとおり大人なら、あれは洗脳されていたからしょうがないと納得して、心の整理ができるかもしれないわ。だけど子供は、あの時の恐怖が心の傷になっているかもしれないでしょう」

確かに、子供の頃感じた恐怖は大人になっても消えないものだ。わたくしはなにも言えず、皇后様から目をそらしてしまう。

「でも……、そんな心配は無用だったみたい」

「え？」

いつの間にか雨がやみ、雲間から差し込んだ日差しが、皇后様の横顔を照らし出す。泣きそうな顔で微笑む皇后様は、とても美しく見えた。

「それでちちうえは、もけいがかんせいするまで、へやにとじこもってしまったのだ」

「でてこない？」

「うむ。だからははうえがおこって、むりやりとびらをあけて、ちちうえをずるずるって、ひきずりだしたのだぞ！」

「すごいの！　じゅるじゅる！　わたちのおとぅさま、おうちのきち、じゅるじゅるするのよ。おんなじね！」

「ほんとうだ。おなじだ！」

イーニアス殿下は、ちちうえが、ははうえが、と嬉しそうに話している。わたくしは、皇后様に視線を移した。

「そうですわね。イーニアス殿下は、お父様もお母様も大好きなようですわ」

それにノアも……『私の』お父様って、いつの間にか言えるようになっていましたのね。

楽しくおしゃべりしながら作文を書きあげた子供たちは、まだお父様のことを話し足りないようで、きゃっきゃといいところも悪いところも言い合っている。

そのうちにおやつの時間になり、イーニアス殿下が言っていた皇帝陛下の手作りおやつが机に並んだ。

「あんこドーナッとこしあんのクッキー、それとマッチャのロールケーキも追加したのだぞ！ディバイン公爵夫人からいただいたマッチャを使って、今作ってきたのだ！」

ん？

「アンタ、ここでなにしてんのよ」

「イーニアスとノアのおやつを持ってきた！」

「仕事はどうしたって聞いてんのよ！」

「休憩中だから、子供たちとレーテに美味しいおやつを届けたかったのだ」

使用人ではなく、何故かこの国のトップが直々におやつを持ってきたではないか。

皇帝陛下は怒られているのに、皇后様の顔を愛おしそうに見つめていて、わたくしが恥ずかしくなるほど全身で好き好きとアピールしている。

「いつも、いっつも、仕事をサボって！」

「朕も子供たちと遊びたいし、愛するレーテの顔も見たいのだ」

まぁ。わたくし、皇帝夫妻のいちゃいちゃを見せられていますわ。

「ノア！　ちちうえのつくったおやつだ！」

「ネロおじさまの、おやちゅ！」

少し離れたところで遊んでいた子供たちは、おやつの匂いに誘われて駆け寄ってくる。お話に夢中で、おやつを運んできたのが皇帝陛下であることには気が付いていないようだ。近くまでやってきてから、「あっ、ちちうえ！」と驚いたように声を上げた。

「イーニアス！　約束した、朕の手作りおやつなのだぞ」

「はいっ、あんこの、おやつですね」

「ディバイン公爵夫人から、マッチャというお茶の粉をお土産にいただいたのでな、もう一品作ってみたのだ」

「まっちゃ？」

「いつも朕やレーテが飲む紅茶とは違って、世にも不思議な緑色のお茶の粉なのだぞ」

「みどりいろ……」

イーニアス殿下が、緑のお茶と聞いてちょっと引いておりますわ。

「イーニアス殿下、緑はお茶の葉っぱの色ですのよ。木々の葉っぱも緑と茶色がございますでしょう」

「うむ。はっぱのいろか」

人間は見たことがないものに恐ろしさを感じるものですものね。見たことのある葉っぱを話に出せば、想像できますわ。初めてのものを子供たちが不気味に思わないよう、気を付けて説明しなくてはいけませんわね。

「アスでんか、はっぱの、ケーキね」

「はっぱのケーキだ」

ノアとイーニアス殿下は顔を合わせ、うふふと笑っている。

「朕の息子、尊いのだ……っ」

皇帝陛下、わたくしも同意見ですわ。ノアもイーニアス殿下もなんて尊いのでしょうか。まさに今、カメラが欲しいですわ！

「ちちうえ、みなで、たべましょう」

「うむ。皆で仲良く食べるのだ」

「たべりゅの！」

皇帝陛下が席に着くと、皇后様はその横顔に呆れた目を向ける。そして、ふっと口元を緩め、

「いただきましょう」と言って、美味しそうなスイーツに夢中になった。

「おいちぃ！」

「うむ。ちちうえの、はっぱのケーキ、おいしいのだ」

子供たちは早速抹茶のロールケーキを頬張っている。

「そうか、そうか。そう言ってもらえると、作った甲斐があるというものだ」

本当、プロが作ったんじゃないかって思うような出来栄えね。これは皇后様が止まらなくなるのもわかる気がいたしますわ。

わたくしはあんこのクッキーをひと口いただき、その美味しさに目を丸くした。

「あっ、ちちうえ」

「どうしたのだ？　イーニアス」

「さきほど、ちちうえについて、さくぶんをかきました」

早速先程の作文について報告するイーニアス殿下に、ノアも羨《うらや》ましくなったのか、わたくしの方へやってきて、「おかぁさま、さくぶんよ」と見せてくれた。

大きさのバラバラな文字がジグザグに並ぶそれに、子供らしさと、これまでのノアの努力を感じて愛おしくなる。

「まぁっ、ノアはたくさん文字を覚えましたのね」

「おべんきょお、ちたの」

以前はカミラに代筆してもらって、自分はぐちゃぐちゃの絵を描いていたのに……

「いつの間にか、こんなに上手に書けるようになりましたのね」

「おかぁさま、わたちアスでんかに、おてがみたーくさん、かいてりゅのよ」

だから当たり前だというように胸を張るノアは、ドヤ顔をしてみせると、わたくしの膝の上にあがってくる。そんな甘えん坊なところがまた可愛いのだ。

「そうでしたわね。だからこんなに文字も文章も、上手に書けていますのね」

「しょうよ！」

サラサラの髪の感触を楽しむように撫でる。

息子の作文を改めて読むと、意外にもテオ様のことをよく見ているのがわかる。

眉間の皺も、わたくしを見て微笑むところも、魔法が得意なところだって……あ、カレーパンの絵まで描いていますわ。

「ノアはお父様のことをよく見ていますのね」

「おとぅさま、みる？」

「ノアはお父様のことをよく知っていますのねっていうことよ」

首を傾げて見上げてくる息子に言い直すと、ノアはにっこり笑い、頷いた。

「おとぅさまのえ、かいたこと、あるのよ！」

だからよく見ているのだと言いたいのだろうか。そういう意味ではなかったのだけれど、どうやら息子は額面どおりに受け取ってしまったらしい。

「ノアは絵が得意だものね。お母様の絵もよく描いてくれるから、宝物にしていますのよ」

「たからもの。おとぅさまも、たからもの、ちてる？」

「もちろんよ！　お父様はお仕事するお部屋に、ノアの描いた絵を飾っていますのよ」

「さくぶんも？」

今日書いた作文も宝物にしてくれるのかと尋ねるノアの健気な思いに、キュンとしましたわ。

「お父様はね、ノアの描く絵も、作文も、もちろんノア自身も、とても大切なのよ」

ノアは、わたくしの言葉をじっと聞いている。そこに、皇帝陛下が「イーニアスが朕の作文を書いてくれたのだ！」と大喜びする声が届いた。すると、ノアは、わたくしの持っていたクッキーに向かって大きくあーんと口を開けたのだ。

甘えたくなったのね。

可愛い息子のあーんに、頬を緩ませながらあんこのクッキーを口に入れてあげると、ノアは静かにそれを咀嚼《そしゃく》した。


「さぁ、ノア。雨もやんだようですし、そろそろお暇《いとま》いたしましょう」

「はい、おかぁさま」

可愛い息子と手を繋ぎ外に出ると、空に二重の虹がかかっていて、二人ですごーいと声を上げてしまいましたわ。

「お父様に、今日書いた作文を見せてあげないといけませんわね」

「はーい！　しょうだ！　ちゅぎ、おかぁさまの、さくぶんかくの」

「お母様の作文も書いてくれますの？」

「しょう！　かいたら、おとぅさま、おちえてあげる」

そう言ってノアは、水溜まりをぴょんっと飛び越え、満面の笑みを浮かべたのだった。

LEAVE ME ALONE!
ほっといて下さい
従魔とチートライフ楽しみたい!
1~4
原作 三園七詩
Nanashi Misono
漫画 鳴希りお
Rio Naruki
RC
Regina COMICS
大好評発売中!
伝説のもふもふお供に
愛され幼女、異世界満喫中!?
OLのミヅキは、目が覚めると見知らぬ森にいた――なぜか幼女の姿で。どうやら異世界に転生してしまったらしく困り果てるミヅキだったが、伝説級の魔獣フェンリルに敏腕A級冒険者と、なぜだか次々に心強い味方――もとい信奉者が増えていき……!? 無自覚チートな愛され幼女のほのぼのファンタジー、待望のコミカライズ!
LEAVE ME ALONE!
ほっといて下さい 4
従魔とチートライフ楽しみたい!
三園七詩
鳴希りお
愛され幼女のほのぼのライフに大波乱!? 舞台は王都へ!
王子様でも求婚なんてお断りですっ!!
32万部突破!!
アルファポリス
シリーズ累計 (電子含む) 32万部突破!
無料で読み放題
今すぐアクセス!
レジーナWebマンガ
4巻 定価:770円(10%税込)/
1巻~3巻 各定価:748円(10%税込)

この作品に対する皆様のご意見・ご感想をお待ちしております。

おハガキ・お手紙は以下の宛先にお送りください。

【宛先】

〒150-6019 東京都渋谷区恵比寿4-20-3 恵比寿ｶﾞｰﾃﾞﾝﾌﾟﾚｲｽﾀﾜｰ19F
（株）アルファポリス　書籍感想係

メールフォームでのご意見・ご感想は右のＱＲコードから、
あるいは以下のワードで検索をかけてください。

アルファポリス　書籍の感想　検索

ご感想はこちらから

本書は、Webサイト「アルファポリス」(https://www.alphapolis.co.jp/)に掲載されていたものを、改稿・加筆のうえ書籍化したものです。

継母《ままはは》の心得《こころえ》4

トール

2024年　6月　5日初版発行
2024年　12月　5日２刷発行

編集－塙綾子
編集長－倉持真理
発行者－梶本雄介
発行所－株式会社アルファポリス
〒150-6019 東京都渋谷区恵比寿4-20-3 恵比寿ｶﾞｰﾃﾞﾝﾌﾟﾚｲｽﾀﾜｰ19F
TEL 03-6277-1601（営業）　03-6277-1602（編集）
URL https://www.alphapolis.co.jp/
発売元－株式会社星雲社（共同出版社・流通責任出版社）
〒112-0005 東京都文京区水道1-3-30
TEL 03-3868-3275
装丁・本文イラスト－ノズ
装丁デザイン－AFTERGLOW
（レーベルフォーマットデザイン－ansyyqdesign）
印刷－中央精版印刷株式会社

価格はカバーに表示されてあります。

落丁乱丁の場合はアルファポリスまでご連絡ください。

送料は小社負担でお取り替えします。


ISBN978-4-434-33942-4 C0093